# 邪神艦隊

クトゥルー・ミュトス・ファイルズ
The Cthulhu Mythos Files

菊地秀行
Kikuchi Hideyuki

創土社

クトゥルー戦記①

目次

## 前《まえ》掲《が》文《き》

これは「架空」戦記である。

# 前小出し《プロローグ》

瀬音《せおと》より、はっきり名前を呼ばれて、少年は舌打ちした。

気がつくと、川の水も土手も草むらも柵も鎮守の森も誓山《ちかいさん》も真っ赤に燃えている。そんな時刻なのだ。

「晩飯か。こちとら一匹も釣れなかったぜ。お袋の莫迦《ばか》野郎」

釣竿とバケツを手に、土手を上がって川上の方へ歩き出す。

「あれ？」

流れの曲がり角が邪魔して見えなかったが、背の高い後ろ姿が、川の真ん中に立ってこちらを向いている。同級生の——名前は忘れた。

「あいつのせいか」

後ろからはたいてやろうと、足音を忍ばせ歩きだしたとき、街道の方からやって来る人影が見えた。黒く燃えている。長い外套《がいとう》だ。町から来たのだろう。おお、こっちへやって来る。

少年は足音も気にせず、妨害者の横まで走って、

「おい、邪魔をしてくれたな」

と言った。

「なんだ、おまえか——邪魔するな」

こっちを向きもしない。

「邪魔はおまえだ。おかげで一匹も釣れやしねえ」

「邪魔だ」

「このお」

恫喝したつもりだが、面長の顔は赤く透きとおった川面を見つめているばかりだ。

「へえ」

眼が大きく頬骨の突き出た横顔が感心している。こんな信州の田舎のささやかな川の中でもいいことがあったらしい。

「何見てんだよ？」

「魚。くいっとなって、ぱっと消える。面白い」

「ふうん」

「川で魚の他に見るものがあるか？」

「ザリガニ」

「あっち行け」

「あのな。向こうから――」

こう言ったとき、闇が少年を包んだ。到着したのだ。これだけ大きいと、影が闇になる。

青い眼をしていると天まで届くんだろうか？

少年は見上げ、訪問者は見下ろした。笑ってる。でも、怖かった。

結局、少年は家までとんで帰り、父と兄を連れて戻った。青い眼をした巨人も、同級生もいなかった。

何もかも赤い。

世界が燃えていくんだ、と思った。あの外人も同級生も、そんな世界へ行ってしまったんだ。二度と帰ってなんか来やしない。

でも、次の日の分教場に、同級生の姿はあった。

「あいつ、また外人と川へ行くのかな」

と思った。

# 第一章　艦隊誕生秘話

## 1

その日、鬼神歳三大佐《きしんとしぞうだいさ》は、連合艦隊旗艦〈長門《ながと》〉の艦長・緒方万明《おがたばんめい》の屋敷に呼ばれた。鬼神は同艦の副艦長であった。

広大な敷地が密集する永田町の重々しい一角に建つ邸宅で、緒方はスコッチをすすめながら、

「話しておきたいことがある」

と言った。

鬼神は緊張した。緒方のこういう話が、平穏無事なものであった例はない。

「それは——艦隊の建造の一件でしょうか?」

問いの内容は、長い間、胸中《きょうちゅう》にくすぶっていたものであった。

「そうだ」

緒方はひと息にグラスを空けて、

「いずれ、それなりの連中には打ち明けねばならないだろうが、今はおまえにだけ伝えておく。なあ、鬼神——呉に船首を揃えた戦艦、空母、重巡、駆逐艦、潜水艦、いや、製造中の戦闘機、爆撃機。そのすべてがわずかに十年間で陣容を整え、今なお拡大の一途を辿っておる。尋常ならざる事態とは思わんか?」

「仰るとおりです」

武闘派を通り越して好戦派とすら呼ばれる鬼神も、これは認めざるを得ない。

確かにある時期以降、政府と軍部が一体となっての軍備拡張は、嵐と形容しても差し支えない傍若無人の勢いで日出づる国を席巻中であった。

驚くべきは、ワシントン海軍軍縮条約を無視したこの狂気的軍拡が、帝都に満ち満ちた西欧の間諜《スパイ》の疑惑の眼に全く触れずに進行中であることだ。少なくとも、亜米利加《アメリカ》、英吉利《イギリス》、豪州《オーストラリア》、独逸《ドイツ》、仏蘭西《フランス》等が気づいた様子はない。歴史と物量を誇る大国の傲《おご》りに満ちた指摘も要求も外務省には届いていないのだ。

そんは筈はない。鬼神は常にそう考えていたが、自分の耳に入らない以上、そして、軍部の何処からも同様の反応しか窺《うかが》えない以上、どうすることも出来なかった。

少なくとも米英独は何か掴んでいるはずだ。もう一国――露西亜《ロシア》もこれに加わるに違いない。

このどれも、腹の底では我が国を東洋の野蛮な弱小国と蔑みながら、決して侮ってはいないことを鬼神は確信し、それが彼を支えているのだった。

米英対比六割という軍縮条約の不等な軍艦割当て決議が、我が国以外一国の反対もなく採択されたのは、このためだ。

条約批准の半年前、印度《インド》と比律賓《フィリピン》から英吉利軍を撤退させ、十年以上に亘る白人支配から解放したせいもあるだろう。マニラ沖から英軍本部へと行った〈長門〉、〈榛名《はるな》〉、〈霧島《きりしま》〉三戦艦の艦砲射撃の凄まじさは、今も亜細亜《アジア》の民の語り草だ。しかし、米英はなおも亜細亜に進攻の眼を注ぎ、日本との戦闘を継続中であった。

だが、事態は彼らを差し置いてこの国で過激なる結実を成し遂げつつあった。

「おかしいと思わんか？」

緒方は新しく注いだグラスを眼の高さに上げた。琥珀色の液体を満たした切子模様の両側からの視線が、質問に不気味なものを付与していた。

「思います」

「今日、呼んだのはおまえのその疑念を晴らすためだ。正直、救われる思いがする」

ウィスキーを空ける緒方の表情が別人のように安らいでいるのを、鬼神は緊張の網にがんじがらめにされる心持ちで眺めた。

「〈長門〉、〈陸奥《むつ》〉、〈金剛《こんごう》〉、〈榛名〉、〈比叡《ひえい》〉、〈霧島〉――このどれを取っても、同級《クラス》の欧米戦艦にひけを取らん。敵もそれを知悉《ちしつ》しているからこそ、ワシントン条約で我々に手枷、足枷を装着しおった。だが、我々はすでに戦艦の完成を間近にし、航空機の製造も過去にない充実を示しておる。それを欧米ソ連の間諜どもに悟られず、条約以来の五年を送って来た事実を、おまえは奇跡、いや、怪事と思わんか？」

「怪事でしょうか？」

と鬼神が訊き返したのは、快事かと判断しかねたからだ。

緒方は答えず、

「殊《こと》によると、自分の認識は絵に描いた餅《もち》に等しいのかも知れん。すべては筒抜け――我々の漏洩対策は最初から無きに等しい効果しか挙げていなかったのかも知れん」

この言葉は鬼神を驚かせた。

「艦長——お言葉ですが」

緒方はこれも無視した。そして、最初の驚きなど子供騙しであったと鬼神が納得せざる得ない内容を口にした。

「我が国の軍拡は、ことごとく敵の耳に入っておるのかも知れんのだ。欧米ならぬ敵のな」

「露西亜や支那でしょうか？」

「否だ」

緒方はゆっくりと猪首《いくび》を横にふった。

「この敵は国ではない。ましてや、人間でもないのだ。それは〈神〉と呼ばれておる」

「失礼ですが、艦長」

「酔っておらん」

鋼のような声に、鬼神は満足した。

「我が国が軍拡に奔走しておるのは、この〈神〉を殺《しい》し奉るためだ。〈神〉はオーストラリアに近い、何千尋《ひろ》ともわからぬ海底の巨大なる墳墓にその身を横たえ、この星——地球の誕生のとき以来、夢の中で着々と征服の準備を整えているという」

「夢の中で、ですか？」

「ルルイエの館にて、大いなるCTHULHUは夢見ながら待ちいたり」

と〈長門〉の艦長は言った。主語と思しい単語を鬼神は聞き取れなかった。

「ルルイエとは、その〈神〉が臥《ふ》し奉る巨大なる海底の奥津城《おくつき》だ。そして、CTHULHUこそ〈神〉の御名である」


この時刻、本州の最東端、千葉県銚子の犬吠埼灯台では、展望塔に昇っていた灯台員が奇怪な事態に、手すりを握りしめたままぎりぎりまで空中に身を乗り出していた。

海が荒れている。

灯台員は頭上の轟《とどろ》きと閃光《せんこう》に眉をひそめた。

稲妻と——横殴りの雨だ。

黒雲の奥にまだ微光の残る空は海の暗さをあおり立て、狂騒の波頭はその崩壊時のみ白くかがやいた。

暴風だ。

だが——、

階段を足音が駆け上がり、もう一人がかたわらに並んだ。

「おい、どういうこった?」

最初の灯台員は首を横にふった。

「暴風だ」

「冗談じゃねえ。三分前まで凪《なぎ》そのものだったっぺよ」

「神さまに言え、神さまに。観音様が何とかしてくれっぺ」

観音様とは、市の中心部——飯沼にある銅製の観音像のことである。祭日にはこの像を中心に市《いち》が立ち盛況を極める。

世界が白くかがやき、灯台員は眼を細めた。水平線の彼方で、ひとすじの雷光が天と地をつないだ。

「近くに船はねえべな?」

「この時間にはねえ。せめてもだ。それより、海っぺたの家の方は大丈夫か?」

「津波じゃねえからよ」

狂奔《きょうほん》の大洋に眼を凝らしていた男が、あれ!?と叫んで前方を指さした。

「船だ」

「まさか!」

漁に出る時刻《とき》ではない。

波頭の只中に、小さな灯りが揺れている。

「見えっが?」

「いや、よく見えねえ。東京の方へ向かってるみてえだが——危ねえぞ」

「運が悪いな。こんなときによ」

「全くだ」

やがて、光点は洋上に消えた。

同時に二人は眼を剝いた。

海は夢のように凪いでしまったのだ。稲妻も雨も手品師が手を叩いたみたいに熄《き》え果て、雲さえも消えた空は、夕暮れの穏やかな光を落としている。

「何だっぺ、今のは?」

「あの光と一緒に嵐も失《い》っちまったな」

そう言って、最初の灯台員は口をつぐんだ。

その様子を二人目が、

「どうしただよ?」

「いや、今の船だ」

「——見えだのが?」

「ちょっと——影だけがな。ちょっとだ」

憑《つ》かれたような口調が、内容を哀切していた。

二人目はいら立った。

「だから、どうしただよ?」

「帆船《スクーナー》みてえだった」

「帆船? おっめえ——なに莫迦な」

かなりの力で背中をどついたか、一人目の灯台員は顔をしかめる。

「いや、破れた帆がなびいてた。帆柱も何本かあった。けど、みんなボロボロだった。まるで――」

沈黙が訪れた。二人目も、莫迦なとは言わなかった。

灯台勤めは四年目に入った。海がおかしな顔を見せたことはない。だが、奇怪な眼を剥いてもまさかとは決して言えぬのが海なのだ。

「まるで――」

と二人目がつないだ。

それきり、沈黙。

この夜から五年後と七年後、二人が転勤の時を迎えるまで、あるひとことがどちらの口の端に上ることはなかった。


幽霊船。

## 2

鬼神は悪酔いしそうだと覚悟した。

緒方の言い草はほとんど、世に蔓延する新興宗教の流布言に等しかった。

「我が国の軍備拡大の目的は、このCTHULHU及びその眷族《けんぞく》が世に顕現《けんげん》する前に殲滅《せんめつ》することにある」

と緒方は言ってのけた。

「そのCTHU――THULU？」

「確かに発音しづらいな。クトゥルーと呼んでおけ」

「クトゥルー」

莫迦げた話にふさわしい莫迦げた名前だと思った。

「あれには色んな発音の仕方があってな、人によってみな異なる。おれはクトゥルーと呼んでいるが、クスルーとも、クルウルーとも、クスルフ、或いはクトゥルフと呼ぶ者たちもいる。地球人の喉では発音できぬ異界の音らしい」

「地球人ですか」

話がでかくなって来た。

「奴らは遠い——地球誕生と等しい時期に宇宙の何処かから飛来し、覇を唱えた。地球のあちこちに奴らの巨大石造都市が存在していたらしい。問題は奴らが一種族ではなかったことにある。詳しい分類は帰りに写しを渡すが、彼らは戦いや地球の変動、星辰の変化によって衰亡し、地の底や海底、星の彼方に消え去った。大いなるクトゥルーは、ルルイエという巨大な城塞とともに深海底に没し、そのくせ何度となく、世界に干渉してきた。例えば、何年か前、世界中のいわゆる芸術家と呼ばれる連中が一斉に狂気に取り憑かれたことがある。彼らは丸一日の間に奇怪な絵を描き、彫像を製造し、小説とも手記ともつかぬ文章を物した。欧米は勿論、亜細亜でも確認されている」

「その騒ぎは存じております。我が国でも相当数の画家や文人が狂気の発作に取り憑かれたとか」

「それが、眠り続けるクトゥルーが唯一、人間の歴史の中で外界に姿を現した瞬間の出来事だ。人々を狂気に陥らせたのは、奴の精神波とやらによるものだという」

「精神波」

と鬼神はつぶやいた。精神医学など言葉も生まれてなかった時代である。

「普段は海の波やルルイエの城塞がそれを阻止していた。ひとたびクトゥルーがその姿を現わしただけで、世界は狂乱の坩堝《るつぼ》に叩きこまれる。次に出現するのは、世界が破滅に追いこまれるときだ」

一段落と判断したらしく、緒方はむしろ穏やかに休憩にはいった。次の出番は、鬼神であった。

彼は生まれてはじめてと言っていい困惑に襲われていた。

新潟の豪農の息子で、神童と呼ばれた頭脳と体力とを武器に海軍兵学校から海軍省へ入り、上司に恵まれて三十代半ばで大佐に達した男にとって、前代未聞の思考的揺曳《ようえい》状態といっていい。実戦未経験のデスクワークの士官ではない。バルチック艦隊に勝利した日本海海戦にも旗艦「三笠」に乗艦、東郷平八郎の下で左肘に砲弾の破片を受けている。いわば筋金入りの軍人だ。

鉄と油と血と硝煙が渦巻く戦場を生き抜いて来た男は、誰よりも現実的である。その精神と思考の何処に、海底の大墳墓に眠る宇宙からの〈神〉が入る余地がある？

だが、一秒と迷わず、彼は最良のひとことを見つけ出した。

「卒爾《そつじ》ながら、艦長殿はどうお考えなのでしょう？」

「信じてなどおらん。信じるという者は嘘つきである」

「ですが、目下の軍拡は、その夢物語に過ぎぬ化物――〈神〉とやらを殲滅するためだと」

「そのとおりだ」

鬼神はこの尊敬すべき艦長に、はじめて怒りを感じた。

「そんな眼で見るな。これを信じている御方がいらっしゃるのだ。全てはその方の号令ではじまった」

不思議なことに、鬼神にはすぐにそれが誰か察しがついた。国際協定を無視した軍拡など、たとえ東洋に覇を唱える日本にとっても危険な賭けである。それが軍民一致の結論だ。戦艦一隻建造するにしても、必要経費は千万の単位に及ぶ。連合艦隊旗艦〈長門〉は二十年前の建造だが、四千四百万円(物価を五千分の一として二千二百億円)、同型艦〈陸奥〉は三千万円を要した。目下極秘裏に建造中の新造艦を合わせたら、十億を超えるだろう。負担の行き着く先は国民である。すでに、東北《みちのく》や近畿の一部では抗議活動が起きていると、鬼神の耳にも届いていた。主導者の大半は農民や工場労働者だが、中には得体の知れぬ新興宗教主導のものもあるという。

この国家的混乱の元凶が海底の化物にあると知ったら、彼らは怒るより笑い出すのではないか。だからこそ、浮かぶ名前はそれしかなかった。

緒方にもわかったらしい。飲めと新しいウィスキーを鬼神のグラスに注いでから、

「その御方は五年前、豪州《オーストラリア》海軍に招かれ、彼らがニュージーランド沖で行った深海潜水艦による海洋生物調査に参加された。潜水地点は――」

ここで眼を細め、記憶を辿ってすぐに、

「南緯四七度九分 西経一二六度四三分の洋上であった。船舶による観測結果によれば、深度は約六六六七尋（約一万二〇〇〇メートル）――」

「待って下さい。現行の潜水艦はどの国のものも安全深度は八五尋（約一五〇メートル）、一一〇尋（約二〇〇メートル）が限界深度であります。一七〇尋（約三一〇メートル）まで潜れば水圧での破壊を免れる艦はありません。それを六七〇〇尋などと――豪州海軍がそんな造船技術を持っているなどとは考えられません」

「自分もそうだ」

緒方はグラスを置いてチーズをつまんだ。

「だが、世界は広い。我々の軍拡の実態を知れば、欧米も同じ台詞《せりふ》を吐くだろう。とにかくその御方はその潜水艦に乗られた。同乗したのは、操縦士を除けば豪州一の海洋生物学者ナサニエル・ピーボディ教授であった。そして彼らは海底で何かを目撃されたのだ。我々には想像もつかぬ何かをな」

「まさか――それが、ルルイエ――いや、クトゥルー神ですか？」

「侍従長の佐古原《さこはら》と、帝大医学部長の向後教授によれば、その御方はそう仰っておられるようだな。これでその御方がお伏せなされる訳が呑みこめただろう。昼の間は平穏を保ってられるが、陽が落ちるや、石造りのくせに全てが粘土細工のように歪んだ壮大怪異な都だの、翼を生やし、巨大な鉤爪《かぎづめ》を持った緑色のゴムみたいな生物だのを連呼されるという。奴らは世界を、この星を我が物にしようと虎視眈々《こしたんたん》。一刻も早く殲滅せよと何十度《たび》も絶叫した後、糸の切れた傀儡《くぐつ》のごとくその場に倒れてお寝《やす》みになられるそうだ。形骸化しているとはいえ、陸海軍の統帥権はその御方がお持ちだ。それが戦艦建造にまで及ぶかは微妙なところだが、何をおおせられようと、その口から命ぜられた以上、日本帝国臣民はひとりとして逆らうわけにはいかん。それに、何をご覧になったにせよ、耳にするような狂乱ぶりは異常だ。そのような脆い神経をお持ちの方ではない。自分は——クトゥルー神かどうかはともかく、何か途方もなく怖ろしいものを目撃なさったのは間違いないとみている」

「クトゥルー」

小さくつぶやく自分の声を鬼神は聞いた。

海底にいるものが何であったにせよ、あの御方が号令をかけたらおしまいだ。この国は足並み揃えてひとつところに向かうしかない。いつ終わるとも知らぬまま。

「そのクトゥルーとやらが」

鬼神はようやく次の台詞を見つけた。

「次に海底から出てくる日時は判明しているのでしょうか？」

「いや、いまだしだ。あの御方はお判りかも知れんが、侍従長が訊いてもお答えにならず——そうそう、おかしなことを口走られるとのことだ」

「おかしなこと？」

あの御方の言葉となれば、鬼神も気分を変えなければならない。全身が緊張にこわばっていた。

「うむ。阿蘭陀《オランダ》人が来る、だ」

「どういう意味でしょうか?」

「成り行きからすれば、クトゥルー浮上の日時をその阿蘭陀人が教えに来ると解釈すべきだろうが、まさかな。だが、そうとしか考えようがない」

同感だ、と鬼神は胸の中でうなずいた。

海の底の化物が連合艦隊を強化させているんだ。そいつの浮上時間を知らせに、何処かの阿蘭陀人が軍令部へ現れたとしても、おかしくなんかあるものか。

「あまり動揺していないようで安心した」

緒方は頼もしげに、グラスを手に鬼神を見つめた。

酒のおかげです、と鬼神は言いかけた。ほとんど下戸なのに、もう三杯も生《き》で空けてしまっていた。

「この件は、軍令部と海軍省、陸軍省、宮内省の最高責任者と首相しか知らん。彼らにしてみれば願ったり叶ったりだろう。打倒米英を唱えている限り、国民は誰ひとり地球の危機に気がつかん」

「確かに」

「で——ある意味、本番はこれからなのだ」

妙に安定した口調で言われ、鬼神ははあと答えてから、間が抜けているな、と思った。

「今の話、他言無用は勿論だが、もうひとつしばらく黙っていてもらいたいことがある。自分は来月、連合艦隊旗艦〈長門〉の艦長を退任する」

「艦長、自分にはそちらの方が重大事であります」

緒方はうすく笑った。

「後任は推薦も終わり〈軍令部〉の了解も取った。

おまえはおれと一緒に建造中の新旗艦に赴任する」

「……」

「嫌だとゴネて反対派の連中を喜ばせんでくれ。もうひとつ――クトゥルーに勝る大事がある」

彼は隣室へと続くドアに向けて、

「おおい、入れ」

と告げた。

ドアは内から開いて、小柄な若者を吐きだした。

背広にネクタイ姿だが、勤め人という印象はその精悍な顔立ちが消している。それでいて気楽に、よおと肩を叩きたくなるような雰囲気があった。

傑物《けつぶつ》だ、と鬼神は判断した。

「来たまえ」

艦長の声も、妙に丁重である。

「紹介しよう。こちらは〈長門〉副艦長の鬼神歳三大佐だ。少々酔っぱらっておるがな。こちらは宮内省の山田六助二等侍従。戦闘体験員として、君と行動を共にする」

「……」

「宮内省からの要請だ。海軍省も、すでに了解しておる。待遇は大佐並みだ」

「お言葉ですが、自分はまだ何も詳細を伺っておりません」

酔いは醒めきっていた。鬼神は敵意を込めた眼差しを、若い顔に当てた。

「今の今まで名前も知らなかった者を、宮内省からの要求だからといって、士官として乗艦させるなど納得できません」

「失礼ですが」

山田侍従が第一声を発した。鬼神が想像していたとおり、よく通り、渋い。口調はへりくだってもおらず、傲慢でもない。

「大佐並みということです。雑用係とお考え下さい。決して邪魔にはなりません。弁解じみますが、自分の要求した待遇ではありません」

「そういうことだ」

緒方も、やむを得んという言い方をした。宮内省から軍部への横槍は、日本海海戦直前をピークとして近年減少しつつあるが、こんなことがたまにでもあっては、軍人の立場がなくなる。

「こちらも海軍省の名前で異議を申し立てたのだが、彼奴ら、がんとして容れぬ。上からのご要望だ、何なら直筆の推薦状もつけると言われては、我が抵抗もはかなしだ」

また酔いがぶり返して来たような気が鬼神はした。同時に興味も湧いた。〈宮内省〉も驕《おご》り切っているわけではない。これまでも、無茶な横槍には、それなりの返礼がついていた。しかし、今回は鬼神が知る限りのどんな無茶よりも凄まじい。ご直筆などと口にさせるこの若者は、一体何者なのか。

彼は若者——山田六助を見つめた。直立不動で待っている。入室したときから、少しも気を抜いていない。まるで軍人だが、この若者は極めて自然にその姿勢を維持していた。要するに、現状が苦にならないのだ。

「幾つか訊く」

と鬼神。

「はっ」

「――CTHU――」

酔いのせいで舌がもつれる。二度と飲まんぞと誓った。

「クトゥルーでありますか？」

「そうだ。知っているのか？」

「はっ。侍従長から伺っております」

「黒海《くろみ》か？」

「はっ」

「可愛がられているのか？」

「はっ。随分と引き立てていただきました」

鬼神は溜息をつきたくなった。

黒海権兵衛《ごんのひょうえ》――軍部を屁とも思わぬ史上最悪の奸物だ。彼が采配をふるった件で、何人もの軍関係者が辞任、退官に追いこまれている――もっともそれは軍部の言い草で、二条橋関係者の間では、最良最高の逸材との評価が定まっている。

「たとえ上からのご推薦であろうと、私の判断によっては即時退艦を受け入れてもらうぞ」

「それは出来んのだ」

緒方が口を挟んだ。

「彼の任務完了と宮内省が認めるまで、彼はあくまでも大佐待遇で、我々に同行する。そういう取り決めだ」

「異議ははさません、と？」

「異議がございます」

鬼神は眉をひそめてから、声の主を見つめた。

山田は言った。姿勢は少しも崩れていなかった。

「平時、戦時を問わず、いかなる状況においても、お二人が自分を不必要且つ邪魔になると見なした場合は、その旨お伝え下されば、即時退艦いたします。この言葉、ご記憶下さいませ」

軍人二人は、困惑の表情で見交わした。

鬼神は口元がほころぶのを感じた。

どこまで予想どおりの男だ。そして、どこまでも予想を裏切ってくれる。

「承知した」

彼は厳しい声で言った。

「山田六助二等侍従――新旗艦への乗艦を認めよう。ただし条件がある」

「はっ」

「宮内省に一等侍従への昇進を要求しろ。その方が艦内で顔が利く」

山田は頭を下げた。

「お心遣い感謝いたします。早速、要求いたします」

「よろしい」

こうして、連合艦隊〈長門〉副艦長は、新しい士官(並み)を手に入れたのだった。

3

酩酊状態の鬼神がそれを押し隠して緒方邸を辞したのは、深夜も通り越した午前四時過ぎであったが、同じ頃、東京湾の片隅――倉庫街の端に、三台のリムジンが停車中であった。二台の国産車には、それぞれ五人ずつのスーツ姿の男たちが乗車し、唯一の外国車＝英王室御用達のロールス・ロイスには、制服の運転手と紅いドレスの美女がバスタオルを膝に乗せているきりであった。

昼間、マニラからやって来た貨物船からの積み荷下ろしで、男たちのかけ声や、タラップを踏む足音に満ちていた波止場は、その船体と波音だけの空虚な平穏に身を浸していた。

埠頭に近い方の国産車の助手席から、若い男がひとり路上に降り立ち、埠頭の端まで小走りに走って、黒い海面を覗きこんだ。

もう一台の車の中でこれを見ていた後部座席の男が、

「まだらしいな」

と言った。世間知らずの子供でなくとも、ぎょっと驚きの眼を据えるような、奇妙な発音であり声であった。

彼はシガレット・ケースを取り出して一本抜いた。ケースは純金であった。右隣の男が、素早くライターを点火して煙草に火をつけた。

中央の男は満足そうに煙を吐き出したが、車内の緊張を煙に巻くことはできなかった。

「水の中を来られるんだ。多少の遅れはやむを得まい。問題は途中で軍の連中に見つからぬかどうかだ。上層部には我々の活動に気づいている連中もいると聞く。中野学校の連中も動いているかも知れん」

「目下のところ、そのような動きはないようです。我が教団の名前が上層部で口にされたとは聞いておりません」

「何処の国の軍部も愚かだが、切れ者はいる。そう思わされているだけかも知れんぞ。現に今回の飛行だとて、一昨日まで蚊帳《かや》の外だったのだ」

「その件ですが、確かに驚きでした。独逸からMe163とかいうロケットの設計図が我が信者にも知られず輸送されていたのもですが、たったひと月でテスト飛行段階に入っていたとは——日の下の技術陣怖るべしですな」

「感心しておる場合か。おかげでオーベット師の力を仰がねばならなくなった。レイテ沖にいて下さったから二日で何とかなったものの、一日遅れたら、この国の軍備はさらに充実し、我らの敗色は濃くなったというわけだ」

ライターを点けた男は肩を震わせた。中央の男の文句に怯えたのではない。彼は笑っていた。

「敗色などと——教区長。大いなるクトゥルーがひとたび顕現すれば、人間の兵器など玩具のごとく地の底へ蹴りとばされてしまいますぞ」

彼は、教区長と呼んだ中央の男が、そのとおりだとうなずくと予感していた。しかし、男はもう一服煙を吐き出してから

「十五年前にも一度、同じことがあった——知っておるか、副区長？」

と言った。男——呼ばれた男は驚きの表情を隠さず、

「それは？」

と訊いた。

「今回は独逸からの直輸入品だ。だが、十五年前、追浜《おっぱま》にある横須賀航空隊の飛行場で空を舞った〈秋水〉は、設計から製造までこの国独自のロケット戦闘機だった。不幸なことに、上昇角と加速度が大き過ぎたため、燃料の取り出し口が空中に露出し、空気を大量に吸い込み過ぎて、高度三

五〇でエンジンの停止を招き墜落という結果に終わったが。あのとき、投げ出された操縦士《パイロット》――、犬塚大尉《だいい》とかいったか――その遺体に取りすがった夫人が、五歳ほどの子供に、こう言い聞かせておった。たかしさん、おとうさまはお国ために亡くなった。それを怨みはしないけれど、あなたは軍人にならないで、とな。妙に胸に残っておる」

「感傷的に過ぎませんか」

と副区長は丸い温顔をやや不興気に歪めた。内心考えていたのである。この国の技術陣は十五年も前に、独自にロケット戦闘機を開発していたのか、と。　現在のプロペラ機より一歩進んだ航空機なら、独逸が他を圧していると思っていたが、この国がそうなる可能性もあったのだ。しかし、今では独逸の受け売りに堕《お》ちている。それでよかろう。

「おっ」

左隣の男が、低く放った。二人の会話中、静かに、しかし、せわしなく窓の外を見渡していた眼が、岩壁から走り寄ってくる男を捉えたのだ。

男はまずロールス・ロイスの方へ行き、窓ガラスを開けた女に、

「来られました」

と伝えた。それからロールス・ロイスに駆け寄って、同じ内容を口にして、もう一台のところへ行った。

「お迎えだ」

教区長のひと声で二台の車の全員が外へ出た。二台目の五人に、偵察役のひとりが加わり、彼の

指さした岩壁の左右に列をこしらえた。重要人《VIP》を保護する護衛のようであった。

　そして、正しく要人は来た。

　岩壁には打ち寄せる波の音が休みなく上がっていたが、それが激しい――水が弾けるような音に変わるや、異様なものが、岩壁の縁に引っかかったのである。それは五指の先に鋭い鉤爪をつけ、間に膜を張った両生類の手に見えた。だが、中指にかがやく怪奇な意匠を刻んだ黄金の指輪は何だ？　月光に光ったのは鱗だ。この手の大きさからすると――本体は？

　水滴が月光にとび散った。

　次の瞬間、そいつは岩壁の上に躍り上がっていた。

　ああ、頭には船乗りが被る古くさい鳥打帽、網のように水を滴らせる衣装は、これも港町でよく見る分厚い防水コートだ。それがどんなに奇怪な眺めかは、こう問いかける教区長の眼が証拠だ。

　――オーベット師匠、あなたはその格好でレイテ島から東京湾まで泳いできたのでしょうか、わずか二日の間に？

　そいつは低く呻いて、教区長に眼を据えた。人間と蛙の入り混じったような――後者の要素の方がやや強い顔はひどく肌が荒れ、こめかみあたりの髪の毛は一本もなかった。鼻などは二つの孔だけだ。眼ばかりが血走り、異様な精気を湛えて教区長を映していた。彼は前へ出て、

「ようこそ、東京へ」

　と水びたしの訪問者の手を握りしめた。

「陀勤《だごん》秘密教団極東本部教区長の笹暮《ささぐれ》でござい

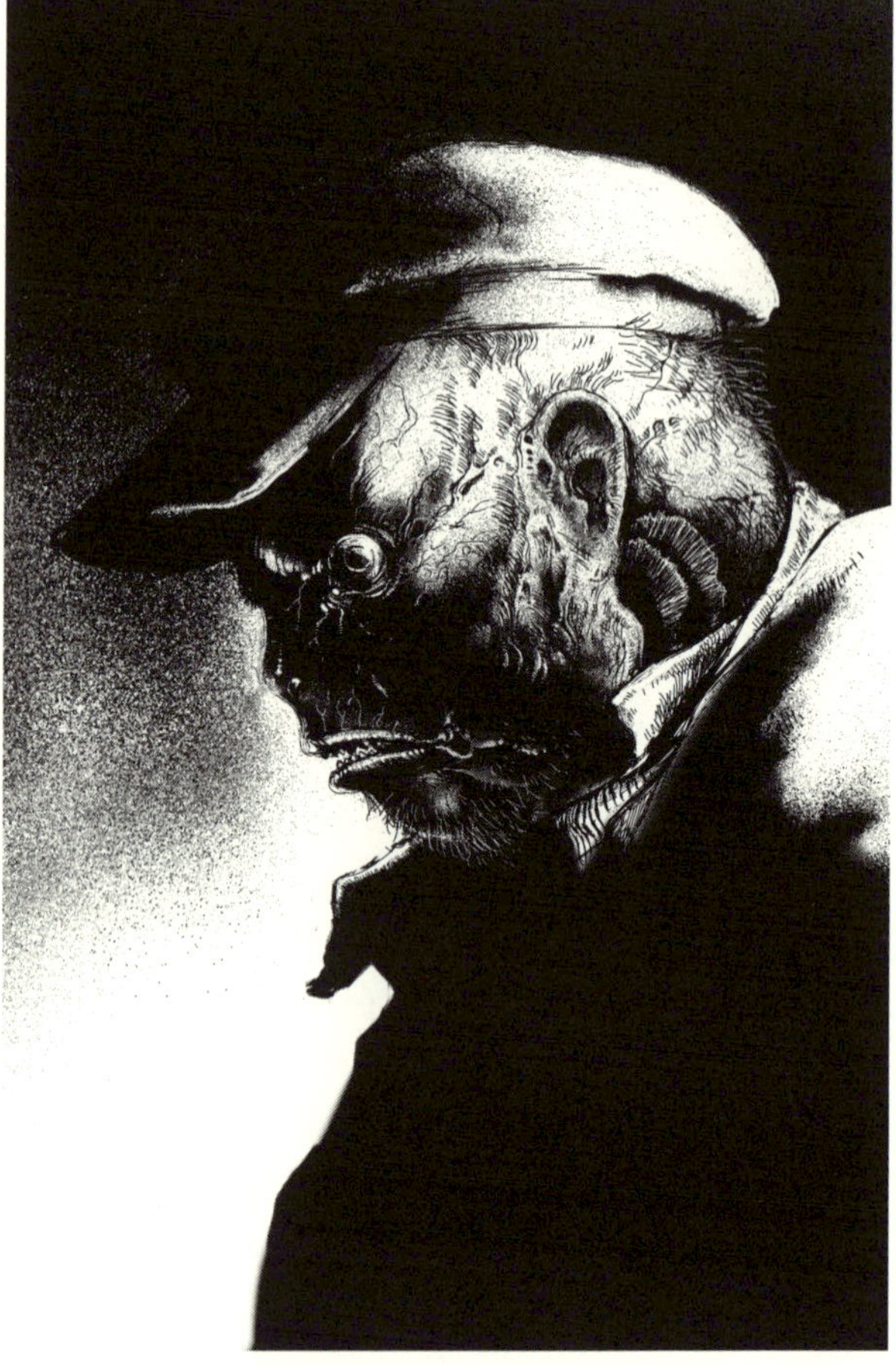

ます。この度はご無理願いまして――まずは車の方へ」

彼は横にのき、前方のロールス・ロイスを示した。後部座席のドアを手に、運転手が立っている。オーベットが前へ出た。歩き方はひどくぎこちない。二足歩行に慣れていない――乃至、忘れているとしか思えなかった。

笹暮教区長の向かいにいた美女がその肩にバスタオルをかけて横についた。

タオルを押さえた手に、オーベットの手が貼りついた。

異様な戦慄が女の顔をかすめ、すぐに笑顔になった。

「あら――師匠、おいたはいけませんわ」

流暢な英語であった。

人間《ひと》とも両生類ともつかぬ顔が、ゆっくりとねじ曲がって、白い手を見つめた。

分厚く、ぬめぬめした唇が、ぴちゃぴちゃと何かを洩らした。変形し切った人間の言葉であった。

「師匠……違ウゾ……船長……ダ」

「では、船長」

内心を表面《おもて》には出さず、女は艶然と微笑んだ。

「私――笹暮と同じ極東本部で、笹暮の秘書《セクレタリー》をしております、円城寺あやと申します。滞在中のお世話をさせていただきます。何なりとお申しつけ下さい」

最後の一節ばかりが妙に硬い。

「ヨロシク……頼ム……」

船長の唇が笑いの形に吊り上がった――そのとき、

一行の姿は光の中に浮かび上がった。

動揺しつつも身を屈め、船長を守ろうと、訓練を積んだ動きを見せる男たちへ、

「囲まれているぞ――動くな」

敵意を剥き出しの声が叫んだ。数台のジープと小型トラックが埠頭の両側を埋めていた。強烈な光は荷台に積まれた探照灯《サーチライト》によるものだ。

「早く車へ！」

笹暮の叫びで一行に新たな動きが生じた。

探照灯の周囲から、一斉に読経の声が湧き上がった。

密教の密呪だ。

夜の支配下にある波止場の一角に、それは高く低く朗々と乱れ流れた。

反応は船長――ではなかった。笹暮が左胸に手を当ててよろめくと、副区長が続いた。

「やめさせて！」

女――円城寺あやが探照灯を指さして叫んだ。

オーベット船長は彫像のごとく動かない。

男たちのひとりが右手を移動させた。背広の内側から前方へ。握りしめられた鉄とクローム鋼製の武骨な塊が小さな火を噴いた。

探照灯のひとつが、きらきらと砕け散るや、鉄砲だという声が上がった。

風を切る音が、回転式拳銃を持った男の上半身に集中した。

胸が音をたて、がつんと鼻に来た。

のけぞる男を尻目に石つぶてはなおも降り注ぎ、密呪の声攻も激しさを増した。

不意にそれが熄んだ。

黒い水をしたたらす影が前へ出たのだ。オーベットだという声が入り乱れ、読経の声は一層迫力を増した。

船長が左手で喉を押さえた。

「効いているぞ。〈艮《うしとら》の金神《こんじん》〉のご宣託どおりじゃ」

「みな、続けろ！」

勝利を確信したような叫びの主たちは、このとき、オーベット船長が左手を横へ――海の方へ伸ばすのを見た。

敵も味方もそちらを向いた。

黒い水が押し寄せてくるところだった。

停泊中の貨物船が、新たな旅へと出港したのだった。

# 第二章　大本教の祈り

## 1

ドアを開けると、禿頭《とくとう》の巨漢が一礼した。渋い着物を身につけているが、ひと目で安物とわかる。午後遅いゆるやかな光の中で、巨漢はうすく笑った。

南月《みなづき》刑事の胸に穏やかなものが広がった。

新興宗教の教祖とやらは何人となく尋問している。こんな奴らの口車に乗るのは頭が足りない連中だ、としか思えない屑揃いだった。

だが――この男は。

冤罪だ、と確信し、あわてて打ち消した。

「鬼が来たぞ」

と小さな机をはさんで、巨漢の向こうに立っていたワイシャツ腕まくりの中年男が、南月の若い顔に皮肉な笑いを投げかけた。この件を共に担当する猛島《たけじま》刑事である。床に立てた竹刀の柄に両手を乗せて身体を支えている。

「なあ、出口よ、こいつは本名南月だが、この若さで綽名《あだな》は〝鬼〟ってんだ。取り調べはキツいぞ」

「それはそれは――出口王仁三郎でございます。ひとつお手柔らかに」

禿頭がゆっくりと下がった。

「じゃ、始めよか」

と南月は声をかけ、猛島と入れ替わりに、巨漢――出口王仁三郎の向かいの椅子を引いて腰を下ろした。

「もう知っていると思うが、昨日の晩、東京湾で、停泊中の貨物船が埠頭に乗り上げて倉庫の一部を破壊するという奇妙な事態が生じた。昨晩は曇りだったが、雨のひと粒も降ってはいなかった。しかし、異変に気づいて駆けつけた港湾労働者は、埠頭の地面がびっしょり濡れていたと話している。まるで津波でも押し寄せたみたいにな。専門家にも聞いたが、あのトン級の貨物船を陸に押し上げるには三十尺(約九メートル)以上の大波が必要だそうだ」

「はあ」

「ところが、そんな波が来たら、港どころか東京の半分は水浸しになってしまうんだな。それが一切ない。水は壊れた倉庫の周りを濡らしただけで退いてしまったんだ。千トン級の船を一艘、陸揚げした上でな」

自分でも非常識だと思うこの事実に、参考人がどんな反応を示すか――そんなつもりでぶつけたが、王仁三郎は、笑みを深くしただけだった。

こっちを莫迦にしているのでもない。荒唐無稽を嘲笑しているのでもない。この男は何でも受け入れているだけなのだ。

「それだけなら、倉庫の持ち主は別として、怪談じみた与太話で済む。だが、何人もの人間が溺れかけ、労働者たちに救出されている。その数、十名。彼らの話によれば、総勢は十四名。残りの者の遺体は水中から発見されている。生き残った者たち全員が、大本教の信者と告白した」

「はあはあ」

王仁三郎はうなずいた。

「確かにその方たちは、私の願いを入れて〈陀勤秘密教団〉に攻撃を仕掛けてくれました。四名も身罷《みまか》られたのは、悲しいことです」

「〈陀勤秘密教団〉？」

南月の眼が針のようになった。猛島は最初からそうだ。

「名前は聞いている。数寄屋《すきや》橋近くに本部を置くもともとは外国の新興宗教だそうだな」

記憶を辿る南月に温顔を向けて、

「左様でございます。ですが、あれはとんでもない邪神を崇め、途方もない邪悪な目的達成に血道をあげる邪宗門でございますれば――」

「教団のあるビルの近くで、夜ごと怪事が発生していたという噂は、自分も知っている。奇怪な物音や読経の声が蜿々《えんえん》と続き、たまに、明らかに人でも獣でも鳥でもない――つまり、この世のものならぬ生きものの声が混じったという。あまり訴えが多いので、二十日ほどまえ日比谷警察の手が入ると、あらゆる音声がぴたりと熄んだ。それは今も続いているのだが、嵐の前の静けさではないかと、住民は却って不気味がっている。彼らは何を崇めているのだね？」

「陀勤――という〈神〉になっております」

「陀勤？　米利堅《メリケン》の神か？」

「いえ、人間が生まれる遥か以前の地球に、大宇宙の深遠からやって来たという神々がおります。陀勤は妻、波畏銅羅《ハイドラ》とともに、その神の一種――クートウリュウに仕えるものなのです」

「クートウリュウ？」

二人の刑事は怪訝と侮蔑の表情を見交わした。いよいよ新興宗教の頭《かしら》がイカれた本性を露呈したと思ったのである。

「確か箱根の神社の主神が九頭竜《くとうりゅう》だ」

と猛島が嘲笑した。

「正しい読みは九頭竜《くずりゅう》だが、そう読めば芦ノ湖の守り神ってことになるぜ」

「陀勤てのは、すると教団の看板なのに召使いというわけか。そのクートウリュウてのは、そんなに凄いのか？」

「この星をどうにかしようという神々のひと柱ですからな。クートウリュウの復活によって現在の人類は滅び去り、残ったクートウリュウの従者たちのみが、炎と血の狂宴の中で互いに殺し合い踊り狂うそうですな」

「何だ、そりゃ？　そんなめりはりのない目的のためにわざわざこの星に来たのか」

猛島が眼を丸くした。

「そもそも、人間が生まれる前に飛来した神さまが、今の今まで何もしねえ、姿も見せねえのはどういうわけだ？　おれも今の今まで名前さえ知らなかったぜ」

「私も詳しくは存じませんが、神々同士の争いによって全ての神々が衰微《すいび》し、地球自体の地殻変動や星辰の変化が加わって、クートウリュウはその居城ルルイエとともに海底に沈んだということです」

王仁三郎の口調は淡々としている。南月の眼には、この異形の巨漢こそ海底に潜む魔神のように見えた。王仁三郎は続けた。

「〈陀勤秘密教団〉の目的は、そのクートウリュウをこの世に顕現させることなのです。そのような暴挙を許してはならない。我々大本信者は、昨夜、クートウリュウ一派の大物が東京湾へ上陸するとの情報を〈艮《うしとら》の金神《こんじん》〉のお筆先によって掴み、長い眠りにつかせようと待ち伏せていたのです。しかし、星の巡り合わせか、この企図は失敗し、大物は逃げ去りました。今は日比谷のビルの何処かに潜んでいるでしょう」

「誰だ、それは？」

南月は我知らず身を乗り出した。

「オーベット・マーシュという米利堅の船長です。クートウリュウは陀勤の他にも〈深きものたち〉という半人半魚の生きものがかしづき、七つの海のあちこちで人間と契りを交わしては、彼らを自分たちの仲間に変化《へんげ》させ、海底の都市イ・ハ・ンスレイに導くのです。オーベットは東インド諸島の島々と蚕貿易を行っている間に〈深きものたち〉と知り合い、自らの故郷——亜米利加の東海岸マサチューセッツにある港町インスマスに彼らを連れ帰り、一族の者たちと交接させて、汚らしい半魚人を増やしていったのです。今でもその暗い廃滅の港町には蛙のように跳びはねる住人たちがうろつき廻っています。オーベット・マーシュ自身は三十年前に人間の姿を失い、イ・ハ・ンスレイに帰属しておりましたが、古参の元人間として、クートウリュウ復活のための様々な儀式に招かれ、彼だけの持つ忌まわしい力をふるってその一助になっているようです」

いつの間にか、巨漢の姿は深い霧の中に朧《おぼろ》な影と化し、その声だけが陰々淡々と、二人の刑事をその人物に釘づけにしていた。

一瞬、尋問部屋が光った。窓の外に広がる帝都の街並み――その空に、稲妻が走ったのだ。

南月が先に我に返った。

「そいつが来たのか、東京に？」

「左様」

王仁三郎はうなずいた。

「そして、おまえたちの一党が襲い、オーベット某《なにがし》を取り逃がした。当事者以外は誰も知らぬ津波によってな。それがオーベットの持つ力か？」

「恐らくは」

「正直、今のおまえの話――一から十まで口からでまかせとしか思えん。だが、おれの脳の中の何かが、それを否定する。前に何かの本で読んだと思うのだが、人間《ひと》の脳には、最初に生まれた人間から、おれに到るまでに生きて死んでいった人類すべての記憶が宿っているという。すべてが露《あらわ》になると発狂してしまうので、脳の防御《ぼうぎょ》機構が朧な一部のみを残して広大無辺なその深淵に封じているのだとな。おまえを信じたいと思う不吉なる考えは、この一部のせいか？」

「私には何とも」

「その男――オーベット・マーシュは何をしに東京へ？」

「わかりません。お筆先によれば、この東京侵入時が、彼の意図を妨げる最初で最後の機会だったのです。それにしくじった以上、後は見守る他はありません。ただ、それは誰の目にもそれと知れる形で世に知らしめられるでありましょう」

南月は椅子の背に軽くもたれてひと息ついた。ひどく疲れていた。

「今のところ、陀勤秘密教団からは、大本教の襲撃に対する訴えはない。これから事情聴取に行っても知らぬ存ぜぬで通そうとするだろう。だが、おれたちは決して逃げ口上は許さない。宗教としての届け出はこの国のものとして出ているが、本拠地が亜米利加なら、いくらでもイチャモンつけて捜査ができる。おまえも襲撃の一件を翻すな、いいな？」

「お筆先の命じることとは、世界の何処においても恥ずべき内容ではありません。ご安心下さい」

王仁三郎の重々しい返事と裏腹に、二人の刑事は思わず感嘆の息を洩らしそうになった。

出口王仁三郎――後に日本史上に残る大予言者とされるこの奇人は、当年四×歳。帝国を震撼させる一大教団・大本のリーダーとして権力者の疑念と敵意を一身に浴びていた。大本――本来〝教〟はつけない――とは〈艮《うしとら》の金神《こんじん》〉なる〈神〉の言葉を書き取って世に問うた（これを「お筆先」と称する）女予言者・出口なおと、その婿養子となった王仁三郎が創立した宗教団体であり、なおと王仁三郎の予言はかのノストラダムスよりも遥かに明瞭な言葉で、この国の未来を語ったものであった。

なおは日清・日露の二大戦争とその後の「おお戦《いくさ》」を予言し、王仁三郎はさらにその先――未来の戦いを信者たちへ語ったとされる。

この精確さに、海軍機関学校教官・浅野和三郎や、昭憲皇太后の姪・鶴殿親子《つるどのちかこ》、宮中顧問官・山田春三等皇室関係者らも信者に加わり、その影響力を怖れた政府から大弾圧を受けるが、大本は京都府綾部に広大な土地を購入して聖地とし、全国数十カ所に別院を設け、複数の新聞社も経営して現在に到っている。

　大本とは、政府の眼から見ればあくまでも現実の存在でありながら、その深奥から異界の風を吹きつけ現実を錯乱させんとする現実に危険な存在なのであった。それが、はっきりと〈陀謹秘密教団〉を敵とみなし、その活動を妨害せんと企てている官憲にとって、どう扱っていいものか、ふたりの刑事には見当もつかなかった。

　王仁三郎が堂たる歩みで去ると、猛島刑事は長椅子に腰を下ろして、長い溜息をついた。南月が初めて見る疲弊し切った姿であった。血走った眼が若い顔を映して、どうだ？　と訊いた。

「信じられっこありません」

「本当か？」

「……」

「部長に言って陀謹秘密教団の頭を呼び出そう。どんなこじつけでもいい。あいつらの本部捜索まで持っていく。だが、それよりも――」

「帝都で何が起きるのか」

　南月は窓の外を眺めた。

　その顔に新たな雷光の一閃が、光と影の舞台を造り上げた。

　雷鳴が轟いた。

「似てますね」

「何がだ？」

「今の音――砲声に」

「そうか。それがどうした？」

「クートウリュウを討《う》つ。それしか世界を救う道はありません」

「何のことだ？」

憑かれたような後輩の眼の光を、猛島は怯えさえ感じながらみつめた。

「クートウリュウは海に棲む。ならば撃滅させ得るのは、我が連合艦隊をおいてありません」

「この太平洋の何処かでか？　だが我が日本は目下、英米独とその太平洋上で覇を競っておるのだぞ。世迷い言の相手など、とてもとても」

「軍は何も動かぬのでしょうか？」

「陀謹だのクートウリュウだのについてか？　知る由もあるまい」

「ですが、大本教の連中は知っておりました。我が国の間諜が彼らのお筆先よりも劣るとは思えません」

「おい――信じてるのか？」

猛島の眼つきが別人のものに変わった。

「……わかりません」

「おい」

「正直、わかりません。あなたと同じ過去の記憶の一部が、自分の脳の何処かに潜んでいるようです」

操り糸を失った人形のように、二人は椅子の上で身体の力を抜いた。

光と雷鳴――帝都へ。

その日海軍省への落雷によって、西棟の一部が炎上し、省内の人々は逃げまどった。

## 2

凶兆はまず、太平洋のほぼ中央——北緯一五度、東経一六七度で生じた。「平和海域」。広大無辺の大海原のうち二五平方海里が八年前、国際連盟決議によってこの指定を受け、、長径一五キロ、短径八キロの人工島が設けられて以来、太平洋上を航行中の非戦闘船舶は嵐を避け、突発的に生じる〈ポーの大渦〉を回避、戦闘中の各国による誤爆被害等の修理と補給を得ることが可能となったのである。

交戦国同士の利用は非戦闘艦船に限られるが、自国の船が恩恵に与《あずか》る以上、現実的な問題として、敵国の軍艦の違法な緊急避難を攻撃することは出来なかったし、また、同じ状況において他国の艦が、人工島を攻撃せんとすれば、それを阻止、乃至《ないし》砲撃する協定が結ばれたのである。

人工島には、五万トン級の船舶五隻を収容できる大ドックと、修理工作機器が備えられ、国連加盟国による食料、水、医薬品及び燃料の補充も怠りなく行われ、緊急連絡用の飛行場さえ備えられていた。建前上、対戦国同士の利害には一切関与せず、しかし、その多くの部分は、それらの国々のモラル——戦う者たちのモラルに信を置くしかなかった。

その日の午後二時三十二分。豪州《オーストラリア》商船「ウィスターン・ギブソン号」八二〇〇トンが、本国ブリスベーンからハワイのホノルルへ向かう途中、船員のひとりに急性の心臓発作が発症、幸い、五海里先の人工島へと舵を切ったのである。

だが、奇妙なことに、とおに確認されてしかるべき島影は見えず、無線連絡にも応答はなく、これは異常事態と思いつつも船は前進を続けた。

やがて、島影を視認すべき位置から二海里も手前の海上に船影が見えて来た。

早速、打電。こちらの国籍と船名を名乗り、向こうにも求めたが、相手は沈黙を守った。

「おかしいですよ、船長」

と航海士が不安気な声を出した。彼も双眼鏡で視認を続けていたのである。

「あんな形の船――どう見ても軍艦です。いや、サイズからして戦艦でしょうが、あんな歪んだ形の船なんざありません」

船長は応諾しなかった。部下の意見にすぐうなずくような男ではなかったのである。だが、事態を冷静に見る眼だけは持っていた。

彼も双眼鏡を使用中であった。

異常なのは確かだ。船全体が船体も艦橋も砲塔も、――どころか砲身まで、ぬらぬらと歪み動いている。何か蛇か蛸の脚が蠢《うごめ》いているようだ。甲板には人の姿も見えるが、その動きは何だか人間というよりも――

「無線員――ホノルルの太平洋艦隊司令部へ打電。〝『平和海域』に奇怪な戦艦あり〟だ」

「砲身――こちらを向きました！」

航海士の叫びに艦長の声が重なった。

「取り舵いっぱい、『平和海域』から離れろ」

彼方で閃光がきらめいた。船長は叫んだ。顔中を口にして、

「砲撃だ！　全員、何かに摑まれ！　緊急警報！」

怪船の放った砲弾は三発であった。

初弾は「ウィスターン・ギブソン号」の前方二〇〇メートルで海面に落下し、水しぶきを上げるに留まった。二発目と三発目はそうはいかなかった。

まず船尾に命中した一弾は、第三船倉を貫通し機関室で爆発した。三発目は艦橋の前方三メートルの甲板を貫き、これは第二船倉で威力を発揮した。緊急警報は掻き消された。流れ込む水が船員たちの悲鳴を呑み込み、船は十五秒で水中に没した。

深度一二〇メートルの青暗い海中で、誰かが、

「何事だ？」

と訊いた。別の声が、

「五六〇前方に爆発音。砲撃と思われます」

すぐに同じ声が、

「何かが沈下中。船体と思われます」

「まさか、ここは『平和海域』だぞ」

また別の声。

「浮上準備。魚雷戦用意」

最初の声が厳しく命じた。

「艦長――別のものが沈下して行きます」

「なんと？」

「先のものよりもずっと巨大な――船一隻。凄まじい沈下速度です。これは――潜水艦に間違いありません。しかし、ほとんど垂直に沈んでいきます」

「本当に船か？」

最初の声が訊いた。

「それでは、生きものだぞ」

小さな世界を沈黙が支配した。


その日のうちに、〈軍令部〉及び〈海軍省〉は暴動のような騒乱状態に陥った。

「アメリカ潜水艦隊の状況を偵察中だった伊号一六八型より入電があった。『平和海域』で、国籍不明の船が、豪州の貨物船を砲撃——撃沈したらしい」

入電の翌日、〈海軍省〉の一室で緒方から聞かされたとき、鬼神は耳を疑った。

それは全世界に認められた〈聖域〉への挑戦だったからだ。

「この件は、他国にも？」

「勿論だ。伊号が浮上して確かめたところ、豪州の船ばかりか浮き島自体が跡形もなかったという。同じ憂き目を見たのは間違いあるまい」

「一体、何処の国がこのような暴挙を？」

「まず考えられるのは露西亜か独逸だが、どちらもそこまで愚かではあるまい。軍事的にも政治的にも、いま両国は一触即発の状態だ。ここで国連の息のかかった施設を破壊などしたら、世界を敵に廻すことになる」

それは、質問する鬼神もわかっていた厳然たる事実だ。

「すると、犯人は世界を向こうに廻して勝利する自信のある国だと？」

「国——なあ」

「艦長殿、まさか、あのたわごとを？」

「幸い浮上した伊号は、洋上に漂う生存者を四名救出した。全員一時間と経たぬうちに死亡したが、その間に多くの情報をもたらしてくれた。貴重で奇怪な情報だ」

緒方はそれを全て聞かせた。

鬼神は昏迷に陥《おちい》った。蛇か触手で出来たような巨船。そんなものが世にあり得るのか？　瀕死の船乗りが迷信で埋まった脳のみせる幻と現実の区別もつかずに話した妄想に違いない。

「自分は迷いに迷った挙句、宮内省を通じてあの御方へある問いを奏上した。ご返事はなかった」

「それは……」

「恐らく、あの御方も豪州沖の海底で同じようなものを見たに違いない。先程、宮内省から、お熱を出されたと厳重な抗議があった」

鬼神は何も言わなかった。抗議の内容を〈軍令部〉や〈海軍省〉の反緒方派が知れば、緒方の追い落とし工作に拍車がかかるだろう。

「鬼神、来月には正式に新旗艦に着任するつもりだったが、緊急会議の結果、〈長門〉で出動することが決まった。二日以内に呉から『平和海域』へ出航する。目的は勿論、奇怪な砲艦の捜索と破壊だ。恐らく、亜米利加も英吉利も独逸も、戦艦の舳先《へさき》を連ねて駆けつけるだろう。奴らに先を越される前に目的を果たし、連合艦隊の実力を世界に示すのだ」

「承りました。必ず」

「頼むぞ。すでに〈霧島〉も〈榛名〉も〈金剛〉も出撃準備を整えておる。〈長門〉も〈伊勢〉も、呉で自分たちを待ち構えておるだろう」

「お任せ下さい」

挙手の礼を鬼神は取った。軍人だけのこの挨拶を彼は気に入っていた。

緒方も敬礼を返して、

「今度の敵は――」

言いかけたとき、卓上電話が鳴った。

「緒方だ」

重々しい口調と表情であった。

いきなり変わった。

「これは――」

鬼神の全身の筋肉が引き締まる音を聞いた。相手は――あの御方だ。

「はっ。仰せのとおり、自分が奏上いたしました。その件でわざわざ――いえ、光栄であります」

戦闘回数十回、戦艦二隻を含む二十二隻を仕止めた歴戦の鬼は脂汗を流していた。また表情が変わった。驚きと――それに対する納得がいかつい顔に貼りついた。

「左様であらせられますか。確かに承りました。ご返事、光栄のいたりです」

受話器を置いた緒方がそのまま倒れるのではないかと、鬼神は駆け出す準備を整えていたが、そんなこともなく、連合艦隊旗艦艦長は彼を見て、

「頼むぞ」

と言った。

鬼神はもう一度、敬礼を送った。


いったん家へ戻ると、妻の乙美が不安そうな表情をこしらえた。そんな顔つきだったのであろう。

任務を告げ、私物の用意を命じると、すぐに戻って来た。基本的に旅仕度は常に整えてあるのだ。

「気になるか？」

と訊いた。

うなずく。

「珍しいな」

いつも冷静な嫁だった。十二年と少し前、新艦へ閲兵に出かけた鬼神は、看護婦だった乙美と知り合い、惹かれるものがあって結婚した。貧農の出だというが、鬼神にはひどく垢抜けて見えた。清楚な顔立ちと白い肌のせいだとみな口を揃えた。

病院には露西亜《ロシア》と戦った負傷兵もよく来たというだけあって、軍人の妻としては申し分なかった。鬼神がどんな任務を告げても取り乱したことなど一度もない。それが、今日は不安な翳《かげ》を隠さない。

「どうした？」

と訊いても返事はない。乙美は唖《あ》者であった。

鬼神は笑った。

「おかしな相手だが、伊潜の奴ら、長いこと海に浸っていて、頭がおかしくなったのかも知れん。ただ心配するな、並みの船に決まっている」

乙美の口もとがゆるんだ。

「やっと笑ったな」

鬼神はそっと妻を抱いた。

熱い身体は腕の中で柔らかく艶めかしく、動いた。それなのに——鬼神はまた非現実的な感覚を覚えた。この妻は幻ではないのか。

用があって声をかけると必ず返事がある。それなのに、眼の前に姿を現すと不思議な気分になった。これは夢ではないのか。

「車を待たせてあるから行くぞ。直で飛行場だ」

乙美は腕の中で眼を閉じた。

かすかに開いた唇に、ためらいなく唇を重ねても、違和感は消えなかった。

夫婦に子供はいない。父がいつ死ぬかわからないのに、と鬼神が作らなかったのだ。

車が出ると、鬼神は一度だけ後方の窓をふり返った。

門の前に立つ乙美が、ぐんぐん遠くなっていった。

ひょっとしたら、看護婦時代、みまかった者たちが運び出されるときも、ああやっていたのではないか。だが、おれは生きて帰る。待っていろ、乙美。

いつもなら血の中を流れる誓いが、今日は胸の中だけで沈んだ。

## 3

呉の軍港で、二人の大物が鬼神を出迎えた。戦艦〈霧島〉副艦長——木本安治大佐と呉海軍司令部長官、佐良《さら》荘次郎少将であった。

二人の案内で、鬼神は司令部の長官室へ入った。この間に木本は自分はたまたま所用で呉へ来ていた。帰京しようとしたら、〈軍令部〉から待ったがかかったと告げた。木本は東京生まれの東京育ちであった。

　これからのことを話し合っているうちに、ノックの音がした。外には護衛兵がいる。怪しい者ではあるまい。

「誰だ？」

　佐良の声に応じて、緑川でありますと返して来た。司令部の情報将校である。

「何の用だ？」

「は。みなさんにお目にかかりたいという御方をお連れしました」

　鬼神の胸がひとつ大きく鳴った。

「入れ」

　ドアが開いた。緑川が横へのき、小柄な坊主頭に平服の男が入って来た。

「おまえ――」


　必死に声を抑えた鬼神へ、三人の前で足を止めた男は鮮やかな敬礼を見せた。

　山田六助侍従であった。

「お二人は、ようこそ呉へ」

　邪気のない笑顔の前で、鬼神と木本は素早く眼を見交わした。

「お見せしたいものがございます。司令官、お借りします」

　驚いたことに、佐良は直立不動の姿勢で敬礼を送った。

「出ましょう」

　山田は先に立って部屋を出た。外の護衛兵が四人、両脇を固める。佐良は残った。山田が止めたのである。

　玄関へと向かいながら、

「何を見せるんだ？」

と鬼神は訊いた。

「生きて帰りたくなるおまじないですかな」

「何だ、それは？」

木本も眉を寄せた。

「それは見てのおたのしみ」

護衛兵もいるのに、楽しそうな口調である。この男は最も過酷な戦場へ行ってもこうだろうと、鬼神は納得した。

表に待っていた二台のジープに分乗した。

「工廠《こうしょう》の第二ドックへ」

と山田が命じるのを、二人は重い好奇心とともに聴いた。

「どうだ、奴らは？」

山田の声に思わず答えかかり、鬼神はそれが運転手に向けたものだと知った。

「目下、大人しいですな。ただし、昨日の夜、港内の水の中で、大きな蛙のような生きものが、通行人に目撃されています。掃討したくても海のなかでは中々」

運転手は山田の一味か。鬼神はそう訊ねた。

「ああ、こちらは〈軍令部諜報局〉の東内山《ひがしうちやま》中尉であります」

「〈軍令部諜報局〉!?」

二人の将校は眼を剥いた。

諜報部は各省にあるが、〈軍令部〉のとなると、伝説的な存在だ。鬼神が耳にしたのは、尋常ならざる事例を専門にするということであった。

――なんだ、こりゃ？

とそのときは笑い捨てたが、いざそのひとりに対面すると不気味な雲に潜りこんだ気分だ。いくら手探りしても手応えひとつない。

いや、ひとつある――蛙だと？

口をつぐんだ二人の将校を乗せたジープは、戦いとは無縁な通行人たちを抜き抜き、高い門をくぐった。世界に誇る大ドックを有する海軍工廠であった。

「――何だありゃ？」

木本がまず叫んだ。

ドックを覆う巨大な鉄の壁が眼に入ったのだ。

これを建てるだけで何カ月単位だろう。

――あの中にあるのが生きて帰りたくなるも、のか。

身震いがした。


同じ日の午前十時、調布飛行場である試験飛行が行われた。

格納庫から操縦者とともに現れた銀色の機体を見て、見慣れた者も、初見の者たちも一様にどよめいた。見学者は〈陸軍省〉、〈海軍省〉及び〈軍令部〉の重鎮たちであった。

ずんぐりした、到底戦闘機とは思えぬ機体には何と橇《そり》が付属し、二トン・トラックによって運ばれる姿はすでに実験も失敗に終わった後の残骸のように見えた。

「あの翼、もっと長くはなかったか？」

「三段に翼の中に格納されているらしいぞ」

「何故、そんな真似をする？」

声は幾つも上がり、風に乗って巡った。

整備士らしい帽子を被った男が、これより試験飛行を開始いたします、と拡声器で告げて廻った。

飛行機が所定の位置で止まると、写真班が駆け寄って、操縦士と機体の写真を撮りはじめた。

空は晴れ渡っている。

撮影が終わると、見物人の中から礼装姿の偉丈夫《いじょうぶ》が操縦士に近づいた。〈軍令部〉第一航空隊参謀神頼《かみより》久作である。

敬礼を交わしてから、神頼は操縦士――陸軍航空隊習志野部隊所属、立林《たてばやし》章圭《しょうけい》少尉の手を握った。

「よろしく頼むぞ」

神頼は席へ戻った。同じ〈軍令部〉の某大佐が操縦士を指さして、

「何を仰ったのですかな。奴め、緊張し切った表

情に変わりましたが」

「激励しただけさ」

拡声器が飛行開始を告げたのは、それから六分後——午前十一時三分であった。

立林少尉が搭乗し、全員が固唾を呑む中、まず短い翼の内側から二重に格納された翼が左右に八メートル伸びた。

喊声《かんせい》が波となって飛行場の一角を巡る。

後尾の噴射孔が青白い炎を噴いた。

「ロケット・エンジンに点火されました」

あおるようなアナウンスに、人々は却って声をひそめて待った。

後は人々の時間とは異なるロケットの時間だった。

黒土の地面を二〇メートルも滑走するや、エンジンは急上昇に移った。

「目下、高度二〇〇〇——三〇〇〇——四五〇〇。開発陣によれば、一万メートルまで一分弱で到達いたします。このとき、最高速度は毎秒一〇二〇メートル、時速にして三六七二キロメートルを誇ります」

拳と帽子が宙に舞った。

地上の盛況は立林少尉に届かなかった。全神経は操縦桿と計器類に向けられていた——はずが、胸の底に押さえつけている黒い水が、確実に広がり、集中力を奪おうとする。

急降下に入った。地上では五〇〇〇メートルまで三秒とアナウンス中だった。

基本《もと》は独逸《ドイツ》製ながら、その燃料噴射機構は我が国独自の開発となる史上初の国産ロケット・エンジンは、快調に作動し、鈍重にしか見えない機体は、凄まじいGに揺れひとつなく耐えていた。

飛行場上空を旋回後三〇〇〇メートルまで降下——地上がはっきりと見えた。

——これで二〇ミリ機関砲が装着されれば、どんな飛行機——独逸で開発中といわれるジェット戦闘機でさえのろまな豚だ。

立林少尉は予定通り、着陸体勢に移った。燃料はもうほとんどない。飛行時間は約八分——それを過ぎたら、こっちが豚だ。やはり格闘戦よりも一撃離脱向きの防空戦闘機だろう。地上が近づいて来た。離陸時とは異なり、着陸には三〇〇メートル以上の滑走路を必要とする。投下した車輪の代わりに二基の内蔵橇がせり出して加速重量を支える。

人々の歓呼が聞こえるようだ。橇が滑走路のアスファルトに触れた。

その瞬間、地面が溶けた。

灰色の水しぶきを上げてつんのめる機体は、一回転し切る前に操縦士を放り出した。

待っていたのは水のごとくゆるんだアスファルトであった。

それが鼻孔と口腔《こうこう》に押し寄せ、永久に意識を失う寸前、立林少尉は、

「おまえは水の中で死ぬ」

と告げた神頼参謀の声を聞いた。

数分後に駆けつけた救護班員が見たものは、一般道路よりはるかに硬質なアスファルトに首だけを突っ込んでこと切れた若い操縦士《パイロット》の遺体

だった。

　かくて、我が国初の国産ロケット戦闘機〈秋水〉の二度目の試験飛行は失敗に終わり、絶望の声と失敗の原因を推測するざわめきの中で、ひとりの参謀は軍服のカラーをゆるめた。

　肩のあたりに開いた鰓《えら》に、酸素を与える必要があった。

# 第二章　生物戦艦

## 1

真っ先に現場――「平和海域」に到着したのは、ハワイ真珠湾から出港したアメリカ戦艦〈アイオワ〉、〈ミズーリ〉、及び英国の誇り〈プリンス・オブ・ウェールズ〉であった。伊号潜水艦が異変を打電してから五時間後のことである。〈プリンス・オブ・ウェールズ〉は日本に睨みを利かすべく、同盟国アメリカの港に寄港していたものである。

海の相は人間の思いを無視する。

穏やかな夕暮れの海原に、人工島は影もなく、潜水艦が探知した怪船もまた、西に沈む夕陽の血にとろけたごとく、姿を消していた。

それは先に飛ばした偵察機によって判明済みの事実であったが、半日の間、監視と索敵を続けた三隻はハワイへ戻った。

二日後、スエズ運河を通過し、日本への友好訪問の途上にあったドイツの不沈艦〈ビスマルク〉と重巡〈プリンツ・オイゲン〉が針路変更して、昼近くに到着。その旨の打電を受けて再度出動した三隻ともども、「平和海域」を取り囲んだ。

北に米艦二隻、東に〈プリンス・オブ・ウェールズ〉、南に〈ビスマルク〉と〈プリンツ・オイゲン〉という布陣であった。ここに二時間後に到着するはずの日本戦艦〈長門〉と〈金剛〉、〈榛名〉を加えれば、いかなる妖異な敵といえど、矛を交える前に白旗を上げると思われた。

空母がいないのは、真珠湾から飛び立った米軍機だけで十分と、各国が判断したわけである。アメリカにしてみれば、

「どいつもこいつも他人のグローブでボクシングしやがって」

という気分であったろう。上空には二〇〇キロ爆弾を抱えたコルセア二十機が旋回中であった。

当時、各国の戦略の中心は大艦巨砲主義から、航空機主体に移っており、戦艦よりも空母と飛行機を温存する方針に変わりつつあった。たとえ「平和海域」であっても、正当な理由さえあれば、他国の戦力を消耗させる機会は拍手を持って迎えられるのであった。

その意味で、どの船も日本の到着を待ちわびていたに相違ない。戦闘における消費は均等であるべきだからだ。また、勇猛を持ってなるロシアのバルチック艦隊を壊滅に追い込んだ日本海軍の船とその実力を眼のあたりにしたいものと、ある意味、得体の知れぬ敵対艦に対する以上の興味と関心を抱いているのも確かだった。

だが――時に十二時二十七分。昼前から海上には濃霧が立ちこめていた。

〈プリンス・オブ・ウェールズ〉の舳先に設けられた索敵監視孔では、監視要員のキルシャー・バドソングが双眼鏡を手に霧の空まで見透かさんと眼を皿にしていた。〈プリンス・オブ・ウェールズ〉は、他のどの艦よりも「平和海域」の中心部に接近していたのである。

十二時二十七分少し前、彼は双眼鏡を下ろして

疲労した眼に休息を与えた。

十二時二十七分——ふたたび双眼鏡を当てる。

乳白の煙霧の彼方に黒い塊が浮かんでいた。

バドソングはかたわらの伝声管に噛みつかんばかりの勢いで顔を寄せ、

「艦影発見——左舷前方六二度八分。距離約五〇〇メートル」

と絶叫した。

船橋でこれを聞いた、フランク・ロイド艦長もただちに同じ艦影を捕捉、まず汽笛、ついで無線によって他国艦に知らせた。

まだレーダーはない。飛行機も当てにはならない。測距員が船影までの距離を計算し、「平和海域」のほぼ中央と割り出した。

〈アイオワ〉のジョン・L・マックレア艦長は、戦闘配置を命じてから、探照灯による通信を試みた。

こちらの船名と所属を名乗り、貴艦は？　と訊ねたのである。

五〇〇メートル先で船は沈黙していた。

霧は集まり、もつれ、流れる。

船は滲み、歪み、現れる。

最早、マックレア艦長にはその正体がわかっていた。

〈アイオワ〉に引けを取らぬ巨艦——戦艦だ。垣間《かいま》見る艦橋や砲塔のサイズからして、主砲は四〇センチ、排水量も〈アイオワ〉と大差ない。

向こうもこちらがわかっている以上、莫迦な真似はすまい。だが、何処から現れた？

それが文字どおり霧の中だけに、互角の戦闘能力だけで、万事よしと見做《な》すことは出来なかった。

「応答無し」

通信係からの声が聞こえた。

それが合図と心得ていたかのように、霧の中で閃光がひらめいた。轟きは後からした。

戦艦同士の戦いはどんな状況だろうと十分な射撃距離を取って行われる。その場合、敵の砲弾の届かぬ位置からこちらは命中させるのが、理想だ。戦艦の主砲が常に他艦を凌ぐ口径を求めるのはこのためである。

故に、ともに有効射程内にある艦同士は、やむを得ざる場合以外、砲撃を忌避する。相打ちなど愚の骨頂だからだ。

だが――

五〇〇メートルの距離から放たれた巨弾は無防備に等しい〈アイオワ〉の前部主砲塔二基と艦橋下部に命中した。

戦艦の防御装甲は、自らの主砲弾を弾き返す――この一点をもって決定する。砲弾は既述のごとく距離を取った砲戦の結果、上方より飛来するため、甲板や砲塔上部は船体随一の強度を備えることになる。

だが、五〇〇メートルよりの直撃は水平射撃であった。船体の側面防禦は魚雷命中時に備えて、それなりの厚さや防水区画を有するが、砲塔や艦橋は外される。

ともに黒々と弾痕が穿たれるや、内側から爆炎が膨れ上がった。分厚い鋼鉄を難なくめくり上げて、膨張する砲塔の火球は数瞬後、新たな大火球に呑まれた。砲塔内の四〇センチ砲弾が誘爆したのである。

すでに、海の戦いも艦隊巨砲決戦から航空機の時代に移っていた。

だが、なおも巨砲は咆哮し、突如、戦艦対決の幕は切って落とされたのである。あらゆるセオリーを無視した殺気の幕が。

怪船は新たな砲撃準備を整えていたに違いない。だが、その前に鋼鉄の雷《いかずち》が、前部砲塔二基と艦橋に命中した。彼は〈アイオワ〉の左舷後方二〇〇の距離に待機していた僚艦――〈ミズーリ〉を忘れていたのである。

〈アイオワ〉を砲弾が捉えた刹那、〈ミズーリ〉も一弾を放った。そして、〈アイオワ〉の運命は敵艦をも見舞った。

何よりも、周囲の二国三艦も戦闘の火蓋を切った。

〈プリンス・オブ・ウェールズ〉の三五・六センチ四連装砲二基と二連装砲一基、〈ビスマルク〉の三八・一センチ連装砲六基――ともに火を噴いた。

史上、これほど豪華絢爛なる巨弾のもてなしを受けたものはない。距離五〇〇〇メートルでも、敵の爆発の余波を食らえば無事には済まないのが主砲決戦である。攻撃者は自らの弾丸で死に行くのだ。

だが、艦の司令塔では、艦長を含めた全士官が、ある共通した考えに脳を侵されていた。

「似ている」

と〈ミズーリ〉のウィリアム・キャラハン艦長は胸の中でつぶやいた。

「あの砲塔の形は我が〈ミズーリ〉とそっくりだ」

「似ている」

と〈プリンス・オブ・ウェールズ〉のフランク・ロイド艦長は胸の中でつぶやいた。

「あの艦橋——我が〈プリンス・オブ・ウェールズ〉そのものではないか」

「似ている」

と〈ビスマルク〉のロベルト・J・ホフマン艦長は胸の中でつぶやいた。

「あの煙突からマストにかけての形。我が艦のものだ」

もしも、日本連合艦隊旗艦〈長門〉の緒方万明艦長がこの場にいたら……

「似ている」

と胸中につぶやき、こう続けたことだろう。

「あの艦型は我が長門に瓜ふたつだ」


全ては一瞬に、海戦の猛者《もさ》たちの胸中を流れた思考であった。

その閃きが闇に消える寸前、彼らは別の驚愕に脳を灼《や》かなければならなかった。

被弾した敵は炎と爆炎と破片とを噴き上げた。霧が吹きとび、敵艦はその全貌をさらした。

こんな船が何処にある。

砲塔は砕かれ、艦橋は中央部から折れて、その基部も穴だらけだ。どう見ても反撃不能な瀕死の状態といっていい。火薬庫に誘爆したら、一分ともたずに沈没してしまうだろう。本来ならば、その破片や衝撃波のとばっちりを避けて全艦脱出するところだ。

だが——この船が爆発するとは、誰ひとり考えもしなかった。破片を怖れる必要もなかった。鉄など何処にもなかったからだ。

まぎれもなく船の形を取っている船体は、異様に太いロープ、否、ぬらぬらと蠢《うごめ》く触手のようなものが絡み合って出来ていた。蛇と浮かばなかったのは、その表面が灰青《かいせい》の一色で、蛇腹の一部も見えなかったからだ。眼を凝らせば、船体ばかりか、艦橋も砲塔にも煙突にもおびただしいくびれが走って、恐らくは苦痛にのたうつたびにあちこちがねじくれ、誰にも見えない排出孔から透明な粘液が噴き出して異世界の不気味なかがやきを放つ。

着痕弾の奥も燃え溶ける闇だ。そこからしたたる青黒い血液は、甲板にこぼれて舷側から海中にしたたり、汚怪な油のように海を汚していく。

突然、前部砲塔が二つとも浮き上がった。持ち上げたのは巨大な炎塊であった。はたして爆発物が積んであるのか。炎の塊はいたるところから噴き上がって敵艦は大きく傾いた。

全艦橋と司令塔の中で、どよめきが広がった。

敵が崩れはじめたのだ。砲撃しようが爆発しようが、これは鋼鉄《くろがね》の船ではなかった。触手はちぎれ、そこからゆるんで、船全体の輪筒が崩れてきた。船尾は砲塔まで一気に水中に滑り落ち、艦橋も丼からこぼれた麺のごとく甲板に広がって、我先にと船尾の後を追った。船体の崩壊は止まらず、ついには前部砲塔も砲身も流れ去り、最後に残った舳先も沈むというより海面に拡散し、波のひと打ちを受けるや何も見えなくなった。正しく、あの船は生物——ただ一本の触手から出来ていたのである。

炎漂う波間を呆然と見つめている猛者たちの眼に異様な光が宿りはじめていた。

一斉に叫んだ。

「帰投するぞ！　面舵いっぱい――反転」

〈長門〉を始めとする日本連合艦隊が到着したのは一時間と少し後であった。

穏やかな海面には奇怪な戦闘のいかなるあとも残っていなかった。

「遅れたのはわかるが――何故、どの艦も連絡をよこさぬ？　連絡に応えぬのだ！」

滝路《たきじ》連合艦隊司令長官の怒号を、緒方艦長は止めようとしなかった。

漫然とだが、何か胸騒ぎに近いものを感じていた。それは二人の背後に立つ山田侍従と司令塔の鬼神副艦長も同じだった。

「司令長官、引き上げますぞ。席にお戻り下さい」

「わざわざ日本からここまで出向いて、海だけ見て帰るのか？　亜米利加と英吉利の船は真珠湾にいるはずだ。そちらへ向かいたまえ。何万トンという貴重な重油を使って、何もありませんでしたでは国民に通らんぞ」

従うわけにはいかん、と緒方は思った。「平和海域」協定によって、ここを脅かす存在への排除活動に関わる船舶は、条約批准国のあらゆる協力を得ることが可能だ。敵対国同士の場合、武器の供与はさすがに禁じられているが、港湾の利用は問題ない。後払いで給油も受けられる。

とはいえ、敵国領土のど真ん中である。何が起きるか知れたものではない。艦長としては、是が非でも避けたい事態であった。

——しかし、この海域は離れた方がいい。

今度は強迫観念に近い確信であった。

「戻ろう」

自分の声か、と緒方は少し驚いた。

「戻ろう」

と滝路司令長官は繰り返した。

「トラックで給油して、真っ直ぐに日本へ向かうのだ。〈ビスマルク〉もそうするだろう。何処かで合流しても良い」

緒方はうなずいた。胸の奥の奥で、誰かが違うと叫んでいた。

「これより急遽、帰国の途につく。目標はトラック島。全艦に打電せよ」

「艦長」

滝路司令長官の口もとに薄い笑いがこびりついている。悪童が仲間を見る眼つきだった。だが、童《わらべ》の無邪気さはかけらもない。

「帰投後、すぐ全艦砲戦の訓練を行う。主砲副砲、及び全火器に装弾。手入れを怠るな」

「了解」

緒方は通信員にそう伝えた。

どの艦からも異議は上がらなかった。

そのとき——窓の外の光景が大きく傾いた。

驚きの声が艦橋を埋めた。

海が荒れている。

波が。波が。波が。

今の決定に怒り狂った海神の技か、途徹もない巨浪が連合艦隊を翻弄すべく動きはじめていた。

灰色に変わった空から雨が叩きつけ、窓はたちまち任務を放棄した。

それでもかがやきは生じた。稲妻であった。

「何事だ？」

滝路の声も動揺を隠せない。

「嵐でしょうか。ちと大規模過ぎますな。それもこれほど急に」

「我々は呪われておるか」

「さて」

何処で生じたとも知れぬ雷《いかずち》の光が、緒方の顔を白く染めた。

副官の詰める司令塔内の鬼神の顔もまた影を失った。

艦が大きく傾いた。四万トンの巨艦も木の葉に等しい波浪の挑戦であった。

――呪われているのかもしれんな
この考えが、どちらの自分のものか緒方にも鬼神にもよくわからなかった。

## 2

その晩遅く、帝都警察の車が二十台と百人の警官が、銀座数寄屋橋近くの〈陀勤《だごん》秘密教団〉の本部を急襲した。

鍵をかけた扉もすぐ打ち破られ、実動部隊五十人が拳銃片手に突入した。

それから約三十分間、ビル内では只ならぬどよめきと、蛙を思わせる奇妙な叫び、足音が入り乱れ、やがて銃声が上がった。この一角の警備を担当していた残り五十名は、いずれも訓練を積んだ、悪党相手の荒事も難なくこなす猛者たちがほとんどであったが、漏出する音声の中でも、銃声より人間離れした声に身の毛がよだった。明らかに人間以外のものでありながら、具体的な単語や発音には人間のそれが混じっていたのである。

銃声がしたということは、生命に関わる敵の反抗を意味する。警備組は実動班の手を逃れた教団員を唇を真一文字に結んで待ち構えていたが、ついにひとりの影も認めることはなかった。

むしろ、意気揚々と興奮に包まれて帰還するはずの同僚たちを見た瞬間こそ、驚愕は予期せぬ大戦慄を伴って走った。

彼らは一様に頭から緑色の濃汁にまみれ、その臭気に自ら苦しんでいた。近寄った警備組が大あわてでとびのいたほどである。

合わせて十四人の教団員が後ろ手に縄を打たれて暗い玄関から出て来たが、ほぼ半数が頭から上衣《うわぎ》を被らされており、連行する警官全員の顔に何とも忌まわしい——汚らわしいものを見てしまったという表情が浮かんでいた。何名かは抜きっ放しの拳銃を愛しそうに撫で廻し、おまえだけが頼りだぞという切羽詰まった眼で見つめていたのである。

何よりも奇怪な現象は、警備組が捕縛者を引き取ろうと駆け寄ったときに起こった。

実動班の責任者らしい刑事が身を震わせて、

「来るなあ！」

と叫んだのだ。

「来るなあ！」

別の声が合わせた。年配の警官だった。彼は両手をふり廻して、近づいた警備組の肩を打った。

「来るなあ」

また別の声。それにまた加わって、叫びは実動班全員の合唱となった。

警備組の足を竦ませたのは、その怒りでも恫喝でもなかった。実動班全員の薄汚れた顔に例外なくこびりついた恐怖と絶望であった。

――こいつら、死ぬんじゃないか？

と警備組の何人かは直感した。

彼らは帝都の真ん中で、数寄屋橋の地下で何を目撃したのか。

「こんなものを見るな」

と誰かが叫んだ。

「こんなものを見るのは、おれたちだけで沢山だ。まともな一生を送りたかったら――見るな！」

魔法を解かれた土人形《ゴーレム》のように動かなくなった警備組の前で、緑色の同僚たちは次々と捕縛者を幌付きトラックに乗せた。

最後のひとりを収容すると、責任者らしい刑事が運転席のドアを開け、低く、行けと命じた。

世界には自分ひとりしかいないとでもいう風に、三台目のトラックとジープは走り出し、やがて街灯の光も通らぬ闇の奥に消えた。

日比谷警察署に戻ると、南月は保安課長の新黒《にいぐろ》に呼ばれた。本来なら一緒にいた全員が緊張で固まるところだが、今夜は何人かが、ほおという表情をこしらえただけだった。

内務大臣直属にして警察部門を統括する世俗安寧の要、警保局——その中でも保安課は特別高等警察を設置して、ナチの秘密警察《ゲシュタポ》に匹敵する反社会活動の弾圧者となった。当然、内規にも厳しく、精神的脆弱者はただちに処分された。

そのトップの呼び出しである。一高等刑事に過ぎぬ南月も背筋が凍るべき事態であった。まして、課長直々の声などかかった例《ためし》がない。

「担当、しんどかったらしいな」

大デスクの向こうで、つるっ禿の小男が苦笑混じりの声をかけて来た。

以前観た米利堅映画の脇役俳優に似ていると思ったが、口に出す気はなかった。保安課長の新黒である。

「仰せのとおりであります」

これだけ言うのも億劫だった。骨の髄と精神《こころ》の奥まで汚れ切っているようだ。

新黒は椅子を勧め、

「何があったか、話してみたまえ」

と言った。

「そのとき、おまえが眼にしたもの全てだ。嘘は好かんが誇張は構わん。見たものと感じたことを洗いざらい正直に言いたまえ」

何故、自分が？　南月は胸の中で首を傾げた。何度か表彰される手柄をたてた覚えはあるが、それでこんな目に遇うとは思えない。ベテラン、側近はいくらでもいるはずだ。だが、逆らうことは許されなかった。

デスクの前の肘かけ椅子に腰を下ろして背筋をのばし、南月はこの世でいちばん思い出したくない記憶を辿りはじめた。

「〈陀勤秘密教団〉の本部に突入したのは、二十三時五分のことでした。指揮官は堂島一等刑事であります。門には閂がかかっておりましたが、そこは同行したクレーン車の大丸太を叩きつけて、五、六回目に開けました。

　突入したときには、敵も気づいておりまして、入ってすぐのホールでは日本刀や棒、長銃などを手に我々を待ち構えておりました。こちらもやむを得ざる場合は発砲、射殺も可との指示を受けていましたから、警棒や刀で応戦し、たちまち敵の抵抗を排除いたしました。自分もこの時点で短銃を携行しておりましたが、ホールでは一発も放つ機会がありませんでした」

「相手は普通の人間であったかね？」

　心臓がどんと鳴った。

　思い出したぞ、思い出したとも。あのホールに満ちていた臭いを嗅いだとき、どこのどいつが今回の夜襲を企てたのかと思ったんだ。

　あの広いホール――帝国ホテルのロビーほどはなかったが、三百人くらいは優に入れるほどだった。そこに二十人ほど教団員がいて、そいつらは――

「普通でした」

「よろしい。続けたまえ」

「相手は武器こそ持っておりましたが、戦いは素人でたちまち組み伏せられ警棒で打たれてその場にうずくまりました。彼らの処置のため十人ほどを残し、我々は奥へ進みました。私は無傷、堂島刑事も右肩を抑えておりましたが前進には差し障りなくかなり先頭におりました」

「ホールには他に何かなかったか？」

「十尺(約三メートル)ほどの像がありました」

気力がふたたびなえていくのを南月は意識した。この課長《ひと》は知っているのか、自分たちが見たあれを？

「十尺ほどの像が立っておりました。海の向こうの神を模したものだと思いますが、さして注目を集めるほどの品ではありませんでした」

新黒はうなずいた。先を促したのである。

「我々は奥の扉に突進しました。教団員が二名、閉めようとするのを打ち倒し、明かりの点った廊下を行きますと、じき、地下室へと続く階段にぶつかりました。我々が五、六人並んで歩けるほどの幅がありました。正直、なにか不気味な感じがして、全員がそこで立ち止まりました」

「不気味な感じ？」

新黒が閉じていた眼を開いた。

「階段は二十段ほどで左へ曲がっておりました。その先から何とも嫌な臭いのする潮風が吹き上がって来たのであります」

「潮風？——海と通じていたというのか？」

「仰せのとおりです。嫌な臭いというのは、その生魚の臭いと、それが腐敗したような、さらにもっと別の——その、強引に表現すると、この世のものでは絶対にない奇妙な臭いが混じり合ったものでした。それと——これも同じ表現をしなくてはならぬ妖気のようなものが濃く強く立ち昇って参りました」

新黒は再び眼を閉じていた。無表情からは、少なくとも南月の話を中止させる気がないことは窺えた。

「数秒の逡巡の後、堂島刑事の、進めのひと声が上がるや、みな階段を駆け下りました。階段には照明がありませんでしたが、二十段、さらに二十段を下ると、下の方に光が見えました」

南月は沈黙した。そこから先を話すには、別の気力を奮い起こさねばならなかった。いや、どれほどの気力を総動員しても無駄だ。それならば、いっそ無感動な死者と化して、目撃譚《たん》を綴る方が――

数瞬の逡巡を異様に静かな低声が打ち砕いた。

「――何を見た?」

他に打つ手はない。南月はうなずいた。

「いつの間に帝都の地下にあんなものを築いていたのか、想像もつきません。自分たちが下り切ったのは、上のホールなど比べものにならない広大な地下広場でした。そこには上の連中とは全く別の――この世の中で生まれたとは到底信じられない奴らが蠢《うごめ》いていたのです。あいつらが母親の腹の中から生まれた?　とんでもない。だとしたら、この世界は我々人間のものじゃありません。　壁や床の上に燭台が点され、周りを見るのに不自由はありません。ですが、今になると何も見えなければ良かったと思います。我々が立つやや右前方には数十本の石の塊がそびえておりました。どうやって搬入したのかも不明な、幅は十五尺、高さ二十尺もありそうな石で、ひとつひとつはいびつな異なった形なのに、明らかに均等な間を取って、円形に並んでいるのは、不気味ですが壮観でもありました」

「環状列石だ」

「は？」

「いや、いい。続けたまえ。その石の列の真ん中には何かあったのかね？」

「はい。これは普通の――いまお使いの机と同じくらいの石の台が。真ん中がくぼんでいて、そこに人や獣を乗せて――」

ふっと沈黙した若い刑事を、新黒はむしろ好ましげに見つめた。

「乗せて――どうする？」

「何らかの生贄の儀式の跡だと思います」

「跡？」

どうして、この人はいちばん嫌なことを突いてくるんだ？

「いえ、白っぽい石の表面には、赤黒い染みが付着しておりました。あれは血だと思います。いいのですか？　このような蛮行が、悪魔の行為が、帝都の真下で行われるなど。今の今まで誰も気がつかなかったのです。我々の存在理由は何処にあるのでしょうか⁉」

「起きてしまったことは仕方がない。まだ話は続くのだろうね？」

南月はうなずいた。

「仰るとおりです。石塊よりも早く、我々は岩陰や地上に這いつくばる人影に気づきました。いや、這いつくばるというのは正しくはありません。奴らは蛙のように腰を床に落とし、武器を取った手を前に垂らして、我々を見つめていたのです。そして、一斉にとびかかって来ました。自分はもう一生、あのような戦いをすることはないでしょう。ああ、あいつら、我々と同じ上着とシャツを着てズボンをはき、眼鏡をかけて帽子をかぶっているくせに、その顔ときたら——こう頭が狭く異様に大きな眼が突き出ているのです。自分と睨み合っている間ずっと自分を見つめて、瞬きひとつしないのです。あの青黒い眼ん玉の中に自分の顔を灼きつけられたくない。その思いで一本背負いを食わせました。そのとき掴んだ手の感触——投げた拍子に掴んでいた服が破れ、そいつの胸が露になりました。それは全身が鱗で、どう見ても魚の鱗で隙間なく覆われていたのです。そこへもうひとり後ろから抱きついてきましたので、肘打ちを食わせ、向かい合ったのです。こいつはもろうす緑色の肌をして、顔まで蛙そっくりでした。前の奴の顔や首は鮫肌みたいにざらついていましたが、こいつのは女の肌みたいにぬめぬめと濡れ光っていました。課長、こんな奴らが高価《たか》そうな上着を着て、チョッキの胸から金時計をぶら下げているのですよ。そいつをぶん投げたとき、木の机もひっくり返してしまいましたが、乗っていた灰皿が吹っとび煙草の吸いさしが何本もとび散るのが見えました。こいつらは今でも人間なのでしょうか。ホールにいた奴らは二十人足らずだったでしょう。こちらは倍いましたから、力でも数でも奴らに勝目はありません。じきに悲鳴や苦鳴《くめい》があがりはじめ、ほぼ全員が石の様にへたりこんでいたのです。そのとき銃声が上がり、私の右横にいた同僚が腹を押さえて倒れました。私は逆上し、音のした方向へ短銃を撃ちこみました。

遠くで悲鳴が上がり、私はそこへ駆けつけました。こんな人間離れした——そのくせ人間と一緒に暮らしているらしい化物の腸《はらわた》、ずたずたにぶち抜いてやりたかったのです。銃声と悲鳴は前方の奥の間からでした。待てという声が聞こえましたが、構わず飛び込みました。こんな奇怪なものを見た後じゃあ、どうにでもなれという気分だったのでしょう。

外から見ると暗黒だけでしたが、中へ入るとそれなりに物が見えました。そこも広場の延長で、前方十メートルほどのところを、人影らしいものがよろよろと歩いていくのです。

『待て、射つぞ』

と叫んで天井へ威嚇射撃を一発すると、そいつはようやく足を止めてこちらをふり向きました。距離があったのと、かなり薄暗いのとでぼんやりとしか見えませんでしたが、まだ人間の顔で、鼻の下に見事なカイゼル髯をたくわえているのがわかりました。そいつは凄まじい悪相で自分を睨みつけ、ゆっくりと後じさりしはじめたのです。左手で鳩尾《みぞおち》あたりを押さえていましたから、それが自分の弾丸《たま》が当たったところなのでしょう。

『神妙にしろ、もう逃げられんぞ』

私は大喝しました。腹に一発食らって歩けるなど、信じ難い体力でした。やはり化物です。そいつは黙って私が近づくのを睨んでおりましたが、急に顔を覆いました。そのとき、奴の前方から、水の流れるような音が聞こえて来たのです。今までこわばっていた顔が、にんまりと笑いの形に崩れました。

『いま、水門が切れたぞ。CHTULHU の下僕――偉大なる陀勤さまのお出ましだ』

こう叫んで高笑いした拍子に、そいつは思いきり大きな血の塊を吐きました。

『おお、血だ。わしの血だ。おまえもその洗礼を受けよ』

## 3

「そいつの首から何か、白っぽい三日月型の品が紐か鎖でぶら下がっているのはわかっていました。それを毟り取るや、吐血したての真ん中に叩きつけたのです。何でそんな真似をしたのか、すぐには不明でした。奴が身を翻して走り出し、その背に短銃を射ちこもうとした瞬間、明らかになりました。血の中から、みるみる巨大な牙状のものが、いや、吐血を浴びて血にまみれた牙がせり出して来たのです。それも一本や二本ではなく、十本以上。短銃の引き金を引いたときは駄目だとわかっていました。長さ三メートル、最も太い部分で二メートルもある牙の列が互い違いに防禦壁を形成してしまったのです。

弾丸は三発――全て防がれてしまいました。そのとき、奴の消えた奥の方からさっきの水音がまた――今度はずっと近くで聞こえ、自分は身を翻しました。地下のホールを黒い水が埋めたのは、階段を曲がり角まで上がったときです。幸い、我が方に死者はありませんでした」

南月はひと息ついて、

「後は担当から報告書が届くまでお待ち下さい」

と言った。新黒はまだ許すつもりはなかったらしい。

「それだけか？」

と訊いた。

「それだけです」

「今度嘘をついたら、拘留するぞ」

「……」

「それだけかね？」

「階段を上がるとき、弾丸《たま》を込めながら下を見ました。水の上に巨大な背鰭が浮かんでおりました。黒い水で見えないはずなのに、水中に、こう、巨大な影が――」

「どんな影だ？」

「――わかりません。大き過ぎました。ですが――」


新黒の眼がどんよりと光った。

「――ですが、階段の下から開いた手が自分を追って参りました」

「ほお、手が、ねえ」

「階段いっぱいある、天井と壁にくっつきそうな大きな手でした。指先には鉤爪が、指の間にはうすい膜が張られておりました。不思議なことに自分はそのとき恐怖を感じなかったのであります。あまりに沢山のものを見過ぎて、精神が麻痺していたものと思われます。手が近づいて来ても、あわてず短銃を向けることができました。二発射ちました。人さし指の第二関節と中指との間の膜に当たり、手は急に引っ込んで水の中に消えていったのであります」

「DAGON か」

「――？」

「ひとつ忘れているな」

南月はかぶりをふった。

「いえ、忘れてはおりません。しかし――お知らせするには、あまりにも――」

「生々しい、か？　よろしい。それは環状列石の北側に鎮座していたはずだ。高さは約十三尺、幅は八尺――人間の感覚では美的にも物理的にも製作不可能な玉座に腰を下ろした像だ。その頭はヤリイカのように鋭く尖り、口から下は地面にも届く虫のような触手が何百本も痙攣しながら垂れている。二本の腕は、凶々《まがまが》しい鉤爪をつけながらも妙に人間そっくりで、背中には退化した小さな翼が残っているが、地球上のどんな鳥にも似ていない。胴体を隙間なく覆う鱗は、投げれば鉄板でも二つにできる鋭さを備えているようだ。しかし、何よりもその石の像を際立たせているのは、単なる石の内側――中心――核から立ち昇って来るおぞましい妖気だ。長いこと祈りを捧げているだけで、それは参拝する者どもの毛穴から侵入し、血を汚し、骨を溶かして別の成分に変えてしまう。するとと、人間だったものも、肌は鮫のようにざらつき、眼はとび出して、魚に負けず平べったくなった顔で、奇怪な呪文を唱え出す。

〝フングルイ・ムグルウナフ・CTHULHU・ルルイエ・ウガ・ナグル・フタグン〟

となし」

南月は指一本動かせずにいた。心臓が動いているのかどうかも判然としなかった。当然だ。課長の言っていたことは、全て事実だったのだから。

「CTHULHU」

奇怪な発音が自然と口を衝いていたが、日本語にどう移すかはわからなかった。

「そうだ。それこそが〈陀勤秘密教団〉の真なる信仰の対象なのだ。奴は誰も知らぬ海底に横たわる巨大なる城塞——ルルイエに眠り続けながら、地上へ顕現する日を待っている。フングルイ・ムグルウナフ・CTHULHU・ルルイエ・ウガ・ナグル・フタグン——すなわち、ルルイエの館にて死せるCTHULHUは夢見ながら待ちいたり、だ」

この——先刻捕縛した男たち以上に不気味な上司の顔に、救いようのない恐怖の色が浮かぶのを見て、南月は戦慄した。見ざる、聞かざる、言わざる——もうそれでは済まないところに自分は来てしまったのだ。

「お聞かせ願えませんか。自分を追って来た手は何なのです？」

「DAGON——ダゴンだろう。亜米利加と亜米利加かぶれの奴ばらはデイゴンと呼ぶらしいが、大根でもあるまい」

冗談か、と思った。救われる思いだった。

「ダゴンはCTHULHUに仕える海魔で下僕だ。妻はハイドラというやはり魚怪で、夫とともにCTHULHU復活にいそしんでいる。その下におびただしい海のディープ・ワン——〈深きものたち〉なる魚人どもがいて、主人を助けておる」

「ひょっとして、あの魚か蛙そっくりの連中は？その〈深きものたち〉なのでしょうか？」

「もどき、というところか。おまえの闘《や》り合った連中は、母親と〈深きものたち〉から生まれた混血だ。彼らは時が経つにつれて、おまえが見たように人間らしさを失い、海を恋しがり、やがて海中に姿を没する。そして、ルルイエや、別の海底の都イ・ハ・ンスレイに流れつき、そこを永遠の棲家とするらしい」

「その――〈深きものたち〉もダゴンもハイドラもCTHULHUに従うものとして、到底、我々の住む世界で共存できるとは思えません。地上に住むのは仮の姿として、何故、得体の知れぬ化物を崇め奉っているのですか？」

「それは人間の間に信者を増やすためだ。そして、その目的は海底の眠れるCTHULHUを甦らせることなのだ」

南月は鈍い驚きを感じただけである。あんなものを見たら、大概のことには一々驚くまい。だが、課長の話は、あまりにも常軌を逸していた。

「復活させるって――そもそもCTHULHUというのは何者なんですか？」

「太古――人間や恐竜が生まれる遥か以前にこの星に到達した〈神〉だ」

「〈神〉――ですか？　宇宙人とは違う？」

「正直わからん。だが、彼らを甦らせる手段に、日本の立川流や密教の呪文や儀式めいたものが含まれている以上、単なる生物とは思えまい」

「で、そのCTHULHUはどうして地球を征服もせずに、我々を放置したままのんびり休んでいるのですか？」

「一説によると、動きがとれないほど腹が減っている」

「まさか」

「また一説によると、星辰の狂いや地殻の変動、CTHULHU自身のエネルギー衰退によってだ」

「まだそちらの方が信ずるに価するようですが、しかし、〈神〉の名を冠するにはあまりにも――」

「確かにな。だが、誰が〈神〉とつけたのかは知らんが、古代の人間たちにとっては、〈神〉に等しい力の主と見えたのかも知れんぞ。かつて一度だけ、理由は知らんが、ルルイエが浮上したことがある。その際、世界中で感受性豊かな人間が半狂乱になり、ひどい場合は発狂したと聞いている。これだけが古えの〈神々〉の思考を人間に伝える唯一の手段なのだ。幸いルルイエもCTHULHUもさして時を置かずにふたたび海底に没したらしいが、人間の歴史もそれなりに古い。案外、何度も同様のことがあったのかも知れんな」

「しかし、世界中の人間に影響を与えられるような化物なら、出現するたびに世界はひっくり返るような目に遇ったと思いますが」

「それだ。これは眉唾ものだが、原初の海の神秘的な波浪には、CTHULHUの精神波も遮る力があるらしい。かくて人間とCTHULHUとの交信は断ち切られたが、時折り、波の遮断が収まると、〈神〉の息子は世界を駆け巡り、その狂信者を生んで、彼らの力によってささやかな復活の儀式が永遠に継続されるのだという。〈陀勤秘密教団〉もそのひとつだ」

南月は長い息を吐いた。背中が椅子の背に貼りついてしまったような気がした。

意識はとんでもないホラ話から、前方の小柄な上司に向けられた。

「大層なお話ですが、課長殿はこの話をいつ何処でお聞きになったのですか？」

「言えんな」

今までの熱を帯びた口調は、それこそ嘘八百だとでもいう風に、新黒は冷ややかな物言いに戻っていた。この辺は役者が違う。

彼は身を乗り出した。

「おまえをここへ呼んだ理由《わけ》を話そう」

南月は背すじをのばして、警保局随一の実力者を見つめた。


二日後の正午少し前、〈長門〉以下の戦闘部隊は佐世保に戻って来た。いつになく二分足らず湾外で待機の後、問題なく入港を完了したが、佐世保の司令部に落ち着いた滝路司令長官と緒方艦長、及び鬼神副艦長の耳には、驚くべき知らせが入った。

「〈ミズーリ〉がパナマ運河通過の翌日、首都ワシントンに砲撃を加えた!?」

眼を剥く三人へ、

「そればかりではありません」

と佐世保軍管区司令官、扇場天平中将は、苦々しい声で言った。

「むしろ、それだけなら、〈ミズーリ〉艦長を讃えてやりたいところですが――」

何故か、ハワイへ戻る予定の〈プリンス・オブ・ウェールズ〉と〈レパルス〉が大回頭。シンガポールを経てインド洋からスエズ運河を抜けて英吉利海峡に入るや、ブライトン沖二キロの地点より首都倫敦《ロンドン》を砲撃し、壊滅的打撃を与えた。

また、日本へ周航すべき独艦〈ビスマルク〉と巡洋戦艦〈プリンツ・オイゲン〉に到っては、〈プリンス・オブ・ウェールズ〉に遅れること丸一日で、ドーバー海峡から北海に出現、ヴィルヘルムスハーフェン沖合一キロの地点から、ハンブルクとブレーメンに主砲を射ち込んでいる。両市は壊滅状態に陥った。

「これは、米英と同じく首都を狙ったものの、砲弾の飛距離が及ばず断念し、射程内の大都市に変更したものと思われます」

呆然とソファにかける三人の重鎮へ、扇場は陰々と伝えた。

「独逸以外の情報は、無線の傍受と間諜からの報告によるものですが、これらの船がともに〈平和海域〉において、正体不明の敵艦を沈めていることから考えて——まるで呪われているような」

扇場にはある恐るべき考えがあった。すなわち、眼前の三人も同じ行動に出るつもりではなかったか？

だが、幸いにも二分の停滞のみで、艦隊も乗組員も全員、つつがなく入港を終えた。

米英独艦による祖国砲撃の異常さを考えると、三人の反応は尋常すぎるが、それは逆にショックが大きすぎたと考えるべきだろう。

# 第四章　怪人物横行す

## 1

だが、司令部を出て宿舎へ移ると、緒方はすぐに鬼神と山田を自室へ呼びいれた。

「血が凍ったぞ」

緒方の第一声に、二人はこれ以上はないほどの同意を示してうなずいた。

それは〈長門〉のみならず、今回の攻撃部隊員全体の感慨であったろう。

佐世保沖二キロの地点で、緒方は、

「佐世保へ砲撃用意」

と命じ、鬼神は、

「一番二番主砲、一番副砲砲撃用意、目標佐世保市街地」

と伝声管へ告げたのだ。

それは各砲の射撃指揮所へ告げられ、さらに砲塔へ。そして四一センチ砲は正確に目標へ向けられた。他艦の主砲もまた。

この瞬間、海魔の呪いは遺漏なく四カ国の艦隊に降りかかろうとしたのである。

だが、忽然として――正しくは忽然と呪いは一同から消えた。

前言より二分とかからず、緒方は、

「砲撃中止」

と叫んで頭をふった。悪夢の名残をふり落とすかのような動きであった。

「砲撃中止」

と異議も唱えず鬼神も復唱し、佐世保は事無きを得たのである。

この件は三人とも、否、全乗組員が口にしなかった。しなくても、みな呪いの狂気に苛まれて、何をしようとしたかを知っていた。

自分たちは国を砲撃しかけたのだ——この思いは七千人を超す将兵たちの胸に永劫に刻み込まれることになった。

「だが、扇場司令官の情報が本当なら、なぜ自分たちだけが間一髪とはいえ例外で済んだのだ？」

緒方の問いに、二人の部下は顔を見合わせた。

「おかしなことが多すぎます」

鬼神は溜息をついた。

「正直、ここにいること自体が、そのクトゥルーとやらの思考波が見せる夢ではないかと感じています。〈ビスマルク〉からの入電によれば、生物としか見えぬ戦艦、そして我々以外の戦艦の母国への砲撃」

「あの波濤」

二人の司令官の眼が、若い顔に集中した。言葉の内容ではなく、この僧侶を思わせる侍従の存在をすっかり忘失していたのである。

「我らの敵は予想外の強敵のようですが」

山田は静かに言った。

「最初の二つがCTHULHUの仕業だとしたら、はたして全世界の軍事力を統合しても太刀打ちできるかどうか」

緒方と鬼神は、眼が醒めたような表情になった。

ようやく、現実的な問題に頭脳が適応しはじめたのである。

鬼神は疑念を口にした。

「他国の軍上層部もクトゥルーの存在には気づいていると伺いましたが、それなりの手は打っているのでしょうか？」

「それはわからん」

と緒方は用意されていたビールのグラスをひと口飲《や》った。

「だが、あの御方が海底下のルルイエを発見されたとき、同乗していたのは亜米利加人にして豪州第一海洋生物学者、ナサニエル・ピーポディ教授であった。あの御方によれば、彼も相当のショックを受けていたと思われる。履歴を調べてみたが、単なる学究の徒ではなく、ワシントンの上層部にも知己が多いようだ」

「しかし、一介の学者の話を信じるほど亜米利加の政治家が甘いとは思えません。この場合、信じてもらえないと困りますが」

「そもそもクトゥルーが世に知られたのは、亜米利加の東海岸――ニューイングランドとやらの一角にある〈深きものたち〉の血を引く廃滅の住民たちが住まう港町――そこから逃亡した人物が、公安に訴えてからだと聞く。当局の調べによると、他に幾つも類似の――人外の存在を思わせる事件が発生していたそうだが、そこまでは耳にしておらん」

鬼神は咳払いをした。

「何しろお話では、クトゥルーの起源まで明らかにされておりました。あれだけの知識を誰がまず身につけたのでしょうか？」

「ある作家だそうだ」

「作家？」

「うむ。我が国では勿論、母国亜米利加でもさして名を知られていない群小作家のひとりだというが、クトゥルーの氏素性は、すべて彼が創作の場で発表したものだそうだ」

「ですが、そんな一介の物書きが何故——このような壮大で戦慄的な物語を？」

鬼神の問いに緒方は腕組みをし、眼を閉じた。彼の経験と知識の範疇《はんちゅう》を超えていたのである。

「クトゥルーの精神波かも知れません」

こうして、二人がまた、三人目がそこにいるのを思い出した。

「彼がかつて海上へ醜い姿を現したとき、世界中で芸術家が狂気に襲われました。ロードアイランド州のプロヴィデンスに在住するヘンリー・アンソニー・ウィルコックス青年は、クトゥルーの似姿と思われる奇怪な生物の像を、無意識のうちに彫り上げています。それと同じことが文章上で発生してもおかしくないと存じます」

緒方はさらに不信の念を濃くしたが、鬼神は謎が解けたという表情で、山田侍従に話しかけた。

「貴公の知識——艦長殿に比べてどうだ？」

「全く同じかと。クトゥルーに関する情報は限られています。今の話も米情報部から流されたと伺っておりますが」

「そのとおりだ」

緒方が窓の方を向いた。

蒼穹の下に佐世保の街と港湾が広がっていた。世界を相手に戦いの最中ではあるのが、まぎれもない現実だ。海底の都に眠る魔物などというたわごとには、すがりつくことも出来ない。

だが、彼にはもうひとつの現実を否定することも出来なかった。

二人の方を向き直って、

「諜報機関の連中も、総力を挙げて調べ抜いたらしい。海の向こうの間諜が、軍事情報を放ったらかして、こんな子供騙しに貴重な戦時の時間を割いていいのかと、本気で抗議して来たそうだ」

「その作家は存命しているのですか？」

と鬼神。

「うむ。生きているそうだ」

「英吉利や独逸はいかがです？」

「これはまだらしい。今度の件ではじめて気づき、連絡を取り合うのではないかな。英吉利は亜米利加に、独逸は我が日本にだ。願わくは、共に艦隊の主砲をルルイエとやらに狙いをつけたいものだが、そう上手くいくかどうかは取らぬ狸だろう」

「外務省次第でしょうな。しかし、彼らも相当な苦労を強いられるでしょう」

「失礼ながら」

山田が割って入った。鬼神はあっ、という表情になった。また忘れていたのである。

「それに関しては、少なくとも英吉利は交渉し易い相手かも知れません。王室という環境が酷似しております」

「しかし、英吉利皇太子は海に潜っていないぞ」

「ウィルコックス青年と同じ時期に、ウエストミンスター寺院で引きつけを起こした王族がいらっしゃいました」

「まさか——皇太子か!?」

山田の口もとにうすい笑いを浮かんだ。

「すでに外務省も動いていると存じます。恐れ多い話ですが、ことは我が国と英吉利のみではなく、何も知らぬ国々を含めた全世界の問題です。外務省もやむを得んと腹を括って、皇室を含めた秘密交渉に汗をかいているでありましょう」

緒方が言った。

「宮内省から強硬に申し込まれて受けたが——おまえは一体、何者だ?」

「ただの二等侍従であります。いえ、昨日一等に昇格いたしました」

山田は胸を張って敬礼した。

——こいつも〈陀勤〉何とやらの一人じゃないのか?

と鬼神は内心疑惑の銃口を向けた。


三人の会話どおり、日米英独の四カ国外務省は「平和海域」に出現した怪戦艦を巡っての暗夜の交渉に時間《とき》を忘れていた。

怪戦艦を操る——というよりも、怪戦艦がその一部たる海底の魔神〈CTHULHU〉に関する情報が最も希薄なのは独逸であった。

だが、日本外務省からの極秘無線によってこの事実を知った独軍上層部——特に総統ヒトラー——からは、一切の疑惑呈示も質問も発生しなかった。陸は〈タイガー重戦車〉群、空は〈メッサーシュミット〉、〈ユンカース〉、〈フォッケウルフ〉等の傑作航空機、海は不沈艦〈ビスマルク〉と〈ティルピッツ〉——正しく機械化集団の権化たる独逸が、まるで怪奇映画の安物オブジェとしか思えぬ海底のモンスターをいともたやすく受け入れた背景には、総統ヒトラーのオカルト趣味がある。

あたかも独逸軍の機械化は、異形のものたちへの攻撃と防禦が目的でもあるかのように、ヒトラーはUFO（未確認飛行物体）の研究と製作に打ち込み、伝説の地下王国シャンバラをめざして南極へ、或いはヒマラヤの奥地へとSS——親衛隊を派遣した。アマゾンの黄金境を探り出そうとしたとの噂もある。また、黒魔術による悪魔召喚も手がけ、影響を受けたにわか神秘主義者《オカルティスト》の中には、自ら支配する占領地で、処女を生贄にした黒ミサを執り行った者もいるという。

ヒトラーとその側近たちにしてみれば、海底に巣食う魔物など、容易なる理解の範疇にあったのだ。

奇妙なことに、彼らはCTHULHUについて知識の断片も擁していなかった。文藝におけるその創始といわれる米作家の名前も作品ひとつ知らず終いであった。

そして、事もあろうに、日本外務省からの連絡によって、その事実を知ったヒトラーは、耳にしたら全世界が逆上するに違いない計画を企てた。

ベルリンの総統室に独逸海軍総司令官デーニッツ元帥を招き、

「南緯四七度九分、西経一二六度四三分——この海底にCTHULHUとその館ルルイエが眠っておる。貴官は潜水艦にてそこへ赴き、眠れるCTHULHUを目醒めさせ、その力を我がナチス・

ドイツのために駆使せよと説得にあたりたまえ」

デーニッツが顔色と声とを失ったのは言うまでもない。

残念ながら、その地点の深度が、ナチのUボートや潜水艦を遥かに超えていたため、この計画は頓挫したが、諦め切れないヒトラーは引き続き海軍に、深度一万メートルまで潜水可能な深海潜水艇の建造を命じた。

のみならず、亜米利加に残留させておいた間諜に命じ、その作家の独逸本国への拉致誘拐を策したが、これは米戦略情報局OSSの知るところとなり、実行部隊は待ち伏せにあって全員死亡した。作家は以後政府の手で保護されている。

ヒトラーはこの後、側近と軍上層部の主要メンバーを集めて、こう宣言した。

「同盟国を裏切り、それが同盟決裂要因となっても、CTHULHUに敵対行動を取ってはならん。敵国は勿論、同盟国がCTHULHUに対して害を及ぼす行動を取らんとした場合、問答無用でこれを討て。これは総統命令である」

## 2

幽霊が出そうな駅舎を出たときから、波の音が耳についた。それと——

南月は——長い指を思いきり開いて顔をひと撫でした。

まだ塩でべたつきはしないが、この風と臭いからして時間の問題だった。

「どうも、海てのは虫が好かんな」

南月はひとりごちて、駅前にある築三百年は超えていそうな旅館へ入った。

「富山の薬売りだが。部屋はあるかね？」

出て来た番頭は、白い短髪に手を当てて、へえ、幾らでもと答えて、女中を呼んだ。

生まれてから死ぬまで、その田舎で終わるだろうと思わせる、田舎者丸出しの若い女中であった。心付けをやるとひどく喜んだ。

夕餉《ゆうげ》の膳を運んで来たとき、他に客がいるのかと訊いてみた。

「とんでもねえ。この四カ月、お客さんひとりです」

「なら、ゆっくり付き合えよ。酒は強いのかい？」

「へえ。父ちゃんが好きで、子供んときから相手してましたから」

言葉に嘘はなく、一応番頭に声をかけると、幾らでも飲ませてやってくれと返って来た。

銚子を傾けはじめてすぐ、南月は相手を間違えたかなと、煩悶《はんもん》した。十五本空けても顔色ひとつ変えないのだ。

だが、二十本あたりで口がほぐれて来た。

「おれも商売柄、色んな土地を廻って来たが、ここは初めてだ。なんか変わった神さまを祀《まつ》ってあるらしいな」

「ああ、九頭竜《くずりゅう》さまのことだね。ありゃ、どえらく古い神さまだで」

「ほお。どえらくって、どれくらい？」

「おれのひい祖父《じい》さんのそのまたひい祖父さんの子供の頃にはもう祀られてたってよ。でも、その頃も村の連中は、いつから祀ってあるんだと、不思議がってたとよ」

「そんなに古いのか？」

「古い神社はおれが四つのとき、雷が落ちて焼けちまったから、今のは建て直しだけど、古いのは、どえらく古かったよ。柱は裂けて向こうが見えるし、天井は雨もりするし。だのに、この辺の家がみいんなぶっつぶれるくれえの大地震でも平気だった。若いのが思いきり柱さぶつかってもびくともしねえ。どんな建て方したっつって、昔からこの辺じゃ不思議がってるわ」

「建て方か」

南月はまた酒をすすめて、

「神主は誰がやってるの？」

「ずうっと、枡《ます》の家の者が務めてるよ」

「枡の家？」

初耳だというふりをした。

「そだ。これも随分と古い家でさ。三百年は経ってるってよ。その前は別の家が神主してたっていうけど、名前は忘れちまった。でも、源作爺さんは、その家も枡の家も実は同《おんな》じで、違うのは名前だけだって言ってたよ。あんまり長く続くと怪しまれっから、ある程度になると前の一族はみいんな姿を消して、実は血のつながっている別の一族が引き継ぐんだってよ」

「ほお、その神社と九頭竜さまを祀る連中は、先祖代々ひとつってわけか」

「そうなるね」

女中は空になった銚子を置いて新しいのを取り上げた。

「神主の家族と会ったことはあるのかね？」

「そらもう。娘とは同級生だったよ」

「どんな娘《こ》だった？」

南月は興奮を押し隠して訊いた。

途端に女中の表情が曇った。まるで別人だ。そこに当人がいるとでもいう風に眼が宙の一点に据えられた。

「あれは――枡光子は、おかしいよ」

虚ろな声であった。

「おかしい？」

「ああ。どえらい別嬪でよ。学校中の男が惚れてたんだ。先生までさ。でも、光子は誰も相手にしねかった。あんまし冷てえって、男の生徒が二人も首吊ってよ」

「ほお」

これも、新黒保安課長から手渡された資料に入っていた。

「それでも中学を出るまで、光子は平気で学校に来てたよ。自分にゃ何の関係もねえって顔してさ。それからは東京の学校へ行ったっていうし、親の実家に帰《けえ》ったともいう。おれたちは二度と会ってねえよ」

「相当変わった娘だったんだなあ」

「そうともよ。おれぁ、見ちまったんだ」

女中は生真面目な顔で言った。

「――何をだい？」

南月は身を乗り出した。

彼を青森へ派遣したのは言うまでもなく新黒保安課長であった。

「この日出づる国にもCTHULHUの魔手は及んでいる。本日捜査を行った〈陀勤秘密教団〉の極東本部教区長・笹暮蝋人《ろうじん》の実家は、青森の六ヶ所村にある。そこへも当局の手は及んでおるが、世界を仇なす者たちの一派はこの国にも地歩《ちほ》を固めつつあるのだ。帝都における拠点はつぶした。残党が何を企てるかは不明だが、それは我々が手を打つ。そこで、おまえの任務だが、六ヶ所村のさらに北――岩魚《いわな》までとんで貰いたい。我が国におけるCTHULHU一味の最大拠点がそこにある。民俗学者でさえ知るまいが、出雲にも勝る日本最古の神社だ。岩魚《いわな》神社――祭神の名は九頭竜《くずりゅう》だ」

表面上、〈陀勤秘密教団〉とのつながりはないが、調べてみると、様々な怪事が古代から生じていることが判明した、と課長は伝え、おまえはそこへとび、岩魚神社とCTHULHUとの関係を明らかにして来い。そう、ひとりでだ。

理由は成果を上げればわかる、とつけ加えた。

岩魚までは青森から汽車で三時間。完全な私鉄である。太平洋に面した漁師町にすぎないが、周囲の町村が不漁でもここだけは常に魚が押し寄せ、不景気という言葉とは縁がないという。青森からの私線も、その金で敷設したものだ。

女中が去ってから、南月はひとり宿を出て、海岸の方へ歩いていった。月が明るい。石の道の途中で異臭漂う一角に出合い、眼を向けると広大な敷地と工場らしい建物が月光の下にうずくまっていた。

「加工場か」

昼ともなれば、敷地いっぱいに干し台が並び、開いた大魚が一斉に貼り付けられるのだ。岩魚の繁栄を支えている半分はここだろう。

工場と隣接する事務所らしい二階建ての建物の窓には、ひとつ明かりが点いていた。

「ん？」

明かりの前を人影が横切ったのだ。残業にいそしむ社員だろう。

だが、南月の瞳は、網膜にそれを灼きつけるや別の影と重ね合わせた。昨日、数寄屋橋の地底で目撃した人間でありながら人間ならざる生きものの影を！　それは寸分の狂いもなく重なったのである。

「成程な」

南月はそれきり黙ってゆるやかな坂を下りはじめた。宿を出たときから聞こえていた潮のざわめきが、ひどく近くに感じられた。

ところどころに電柱が立って、取りつけられた電灯が道を照らしている。それだけでも岩魚の裕福さが知れた。

不意に石が切れ、靴は砂を踏んだ。眼下の砂地と黒い海岸に沿って走る道の上に南月は立っていた。

右方に海岸へ下りる石段が見えた。岩魚村の地図は列車内で頭に叩き込んである。

石段の手前でふり返ると、家々はすべて闇の中に沈んでいた。時刻は十時を廻ったところである。一軒残らずの消燈は、早いといえばいえた。南月はそれを含んで時刻を選んだのだ。仕方がない。

石段を下りて、ゆっくり右へ進みはじめた。潮騒がやかましい。

一〇〇メートルほどで、月光が黒い岩礁の群れと、その周囲で白く泡立つ水面を照らし出した。

もうひとつ――最も海に近い岩の上に立つ影を。

女だ。

月の光を浴びるために作られたような、一糸まとわぬ白磁の裸体であった。

この季節に無茶だ、と思う前に、南月は見惚れた。張りのある豊かな乳房、腰にも纏足《てんそく》があるのではないかと思わせる柳腰、熟女のように淫らで、そのくせ若さの情熱が漲《みなぎ》る臀部、これは人工でも自然の手による造型でもない。天工の細工だ。

頭をひとつふったとき、裸身は若鮎のように水へと跳ねた。

黒い波が裸体を呑み、偶然の観察者は呆然と立ち尽くした。

これは月光と潮騒が仕組んだ立体の幻燈図に違いない。その証拠に黒髪を濡らした頭が浮かび上がったのは、波打ち際から二〇〇メートルも離れた地点であった。いかに水泳の達人でも、そこまで息もせず到達するのは、到底不可能な距離だ。

見ただよ。

宿の女中の声が甦った。冬の真ん中に枡光子が全裸で海へ飛び込むのを。

あれが枡光子か!!

そのとき――

何かが風を切って南月の頭上を越え、村の彼方へ消えていった。それは確かに海の方からやって来たのである。

南月は眼を凝らしたが、波頭がざわめく海面の何処にも原初からの動きを続ける以外のものは見えなかった。

そのとき――もうひとつ。

さらに――ひとつ。風の音。

南月は村の方を向いた。

「おお」

驚きの声を呑みこんだ。記憶が莫迦者めと罵った。寄って立つ砂地から、海岸へ下りて来た道の真上に、黒い木立ちと鳥居、そして、神社の拝殿が手をつないで立っていた。

日出づる国のCTHULHUの本拠地――岩魚神社であった。


昼前に、呉の海軍工廠で怪事が発生した。完成間近の船体の機関部から、大量の爆薬が発見されたのである。その部分に近づくことが出来る人物は全て挙げられ、結局、彼らを取り締まるべき某将校が疑惑の中心に立った。

憲兵隊が当人の宿舎へ急行したとき、それに気づいた将校は裏口から逃亡。徒歩で港湾へと向かった。彼を目撃した憲兵のひとり崎山信吉は、後の調書に、将校は徒歩で大通りを横切った際、トラックと接触寸前に到ったが、驚異的な跳躍力を示して、幅十メートルもある通りを飛び切った。それは蛙の跳躍に良く似ていた、と証言している。

将校は港湾内に入る寸前、憲兵隊に囲まれ組み打ちとなったが、逮捕術に長けた猛者たちを文字通りちぎっては投げ、ちぎっては投げ、八名に傷を負わせた挙句、ついには捕縛された。この際、彼と格闘した憲兵は全員、摑んだ肌は水とは異なるぬめぬめした液状の物質で覆われており、手触りは蛙のそれに酷似していたと話している。

結果的に将校は捕縛したものの、連行は出来なかった。

朝以降曇天の空から、このとき大量の雨が降りはじめ、市内は土砂降り状況に陥ったのである。すると、将校を縛した縄はあっさりと滑り落ち、彼は港湾内へと奇怪な跳躍を再開。制止も無駄と見た憲兵二人が銃弾を浴びせて射殺に及んだ。

この後が実に戦慄的かつ妖異な話になるのだが、命中弾は計五発。いずれも拳銃弾である。将校は少しの間、地面の上で苦悶していたが、やがて死亡した。射殺した憲兵のひとりが最初に駆け寄って、即座にみな死体を囲めと叫んだ。ついで後ろを向けとつけ加えた。

残りの憲兵たちは訳もわからず、しかし、その憲兵の表情と声とに、逆らい難い恐怖を感じて指示に従った。よしという声を聞くまで、いい加減雨に打たれていたような気もするし、そうでもないような気もした。みな自然に、地面の死体に眼をやった。

誰かが――或いは全員が――あっと叫んだ。そこに将校の姿はなかった。緑色の液体にまみれた軍服が転がっているきりだった。

視線は、指示した憲兵に集まった。そして、その表情を見た同僚たちは、彼の判断が正しかったこと、地獄でしか見られない光景を彼ひとりが認めて、永劫に苦悩するプロメテウスの責めを負ってくれたことを確認したのだった。

## 3

翌日、朝食を摂ってすぐ、南月は岩魚神社へ出向いた。薬売りを装った背中には、風呂敷包みを負っている。中身は本物だ。この頃の刑事は変装も能《よ》くした。

昨夜、海岸から遠望したよりずっと広い敷地に、ずっと小さな拝殿と本殿、社務所が並んでいる。宿の女中は落雷で焼失後に建て直したと言ったが、社殿の印象は、新しさに比してひどく古めかしいものであった。背後を埋め尽くす木立ちのせいかも知れない。

――まるで原生林――いや、原始林だ。ここに神社が出来る前から、そのままなんじゃないのか。

鳥居の色も剥げてはいるが、南月の知っている他の神社のものより遥かに風格がある。木自体が優れているのだ。

しかし、塗りが剥がれて随分と経つようだ。神主がいるのに放りっぱなしなのだ。お体裁で建てたと思われても仕方がない放置ぶりであった。

――鳥の声が聴こえんな。それに妙にうすら寒い。

社務所のガラス戸に向かって声をかけても返事がない。人の気配もなかった。

拝殿を覗いてみた。鐘が飾ってあるきりだ。古い賽銭箱の中身も大したことはない。

――建て直した社殿は大層な代物だし。後ろ盾でもいるのか。

ふと、浮かんだ。

CTHU——

「薬屋さんかね？」

老いた声だが、覇気がこもっていた。

あわててふり向いた眼前に、白衣に白袴の老人が竹箒《たけぼうき》をぶら下げていた。刺すような視線が、この神主——もと警官ではないかと思わせた。

「へえ。良かったら置いてもらえねえですか？同じ富山でも、おれの薬は他の薬売りのよりとりわけよう効きますで」

「薬は要らん。この歳まで病気と縁がねえ」

「そら結構で。ですが、この先はわからねえでしょうが。転ばぬ先の杖ってこって、どうかひと袋でも」

「要らん。帰《けえ》れ」

断固たる意思が、九十を超えていると思しい老人に、鉄の印象を与えていた。

「こら失礼申し上げました。別のとこさ行ってみます。ご勘弁願います」

頭を下げて、鳥居の方へ歩き出した。後は夜半に忍び込む手だった。

薬箱を通して老人の視線が感じられた。いや——これは複数だ。森の中から、この星が生まれて最初に生え揃ったような木立ちの間から、何人ものの視線が注がれている。

それも厄介なことに——敵意から出来てやがる。

南月はたて続けに、神社近くの家を訪問した。子供がいるらしいとわかれば、応対に出た母親に、おひとつと浅草の老舗で仕入れた飴玉を渡した。

「あれま、東京の飴かね」

とみな喜び、薬を買わない家でもお茶飲んでけという話になった。適当に東京のことを聞かせていると、家族が集まってくる。普段は口数の少ない南月が、こういう状況だと見事な話し好きに変身した。

頃合いを見計らって、

「あそこの神社――古いんだってねえ」

と切り出す。

すると、空気が変わった。

「そんじゃ、これで」

とみな席を立ってしまうのだ。

――何かある。

と確信したが、それだけでは意味がない。あの薬屋おかしいと噂がとぶ前にと、南月は少し離れた数軒を訪れた。

最後の一軒で当たった。

「本当《ほんと》におかしいんや」

とうなずいたのは、二年ほど前に大阪から越して来たという若い主婦であった。夫の勤める電力会社の支社が隣の野口にあり、会社の命令でやむを得ず来たもののさっさと帰りたいと、飴玉を出す前に訴えて来たから、余程うんざりしているらしい。

「いや、古いのはわかるけど、おかしいって何がです？」

とぼけて追いつめるのが聞き込みの極意だ。

「誰にも言わない？」

主婦は南月を見つめた。

「勿論です。これでも商人《あきんど》だ。口は堅えですよ。あ、ひとつ」

飴玉を女は嬉しそうに見つめた。

「薬屋さん、東京の出だっていうから話すわ。もう、こんな田舎で暮らすのは真っ平や。近所の連中が親切そうに、獲れたての生臭い魚を持ってくるのも嫌。ああ、漁師は船に乗ってろ。やらしい眼で見るな」

「そら、都会が恋しくもなりますわな。ここだけの話だけど、田舎の人は遠慮がねえがら」

「そうや」

「そのくせ、こっちには絶対に胸の裡は見せねえですよ。何か、おかしなもン見つけられちゃ恥ずかしいみてえに」

これは効くだろうと思っていた。案の定、主婦は身を乗り出した。

「半年かそれ以上前に、あの神社の前を夜半に通りかかったことがあるんや。そしたら、海の方から何かが道へ上がって来たんよ」

「何か、ですか？　人間《ひと》じゃなくて？」

主婦は片手を激しくふって、南月を咎めた。

「人間が、あんな歩き方をするもんか。向こう側の電灯が点いてなくて、よう見えんかったけど、何か裸みたいに白っぽい奴らが、こう思いきり腰を落として、蛙みたいにぴょおんと――一発であの道越えて、階段に跳びついたで」

「へえ。よく見つかりませんでしたね？」

「あの神社――何だか気味が悪いんや。最初はそうでもないんやけど、時間《とき》がたつとわかる。あれ、おかしなもン祀ってるで」

全くだ、と思った。

「それで？」

「――そやった。それで、あの前を通るときは、随分と用心してたんよ。しかも夜や。ヘンなもん出て来んな、来ちゃあかんと念じながら、あ、近くに電柱がある。何かあったら隠れよ思てな。そこへ、あれや。丁度ええ具合に、電柱の前に差しかかったところやった。大急ぎで隠れたわ。だから、わからんかったんやろね」

「良かったですねえ」

「ほんまや。で、あいつら一匹やなかった――八匹もいたで」

「そらあ凄え」

南月は心の底から言った。

「でもね、うち一匹は人間の格好してた。こう素っ裸の、長い髪を腰まで垂らした娘だったわ」

「神社の者《もん》ですかね？」

「知るかね。そうだとしても、あんなぴょんぴょんどもと一緒にいるんや。ロクなもんやないで。跳び方もあいつらと同じだったしね」

南月は胸の中でうなずいた。

「やっぱ、見られたくないんやろね。みな、あっという間に跳び上がって、鳥居の向こうに消えちまった――と思うよ。あたしんとこからは見えなかったけど」

「声なんかは聞こえませんでした？」

「幸いねえ。あれで蛙みたいにケロケロやられたら、もう気ィ狂てるわ」

「ごもっともです。いやあ、ヤなもの見ちまいましたねえ。これ、お口直しに」

ふた袋の飴玉を、主婦はひどく喜んだ。奇怪な告白に気が昂っていたのである。髪を弄びながら、

「もうひとつ——あるんや」

と声を落とした。

「へえ、何です？」

「これは怖くない、どっちかいうとおかしな話なんやけどね、ここへ越して来てひと月もたたない頃だったと思うわ。亭主と海岸へ散歩に出たときや。月がとっても明るい晩やった。波の音聴きながら、ぶらついていたら、いきなり海の向こうから何かが飛んで来たんや」

「へえ」

「確かにそうや。あたしらの頭の上を——あれで二十尺以上はあったやろね。——びゅーんと何かでかいものが飛んでった。最初は見過ごしたんやけど、見上げたら、またひとつ——今度は黒い長い箱みたいな形がはっきりと見えたよ。大きさは行李《こうり》を三つか四つつなげたくらいだったと思う。それが神社の向こうへ落っこちたんよ」

「はっきり見たんですか？」

「うん。この眼でな。ほんまに月が明るかったせいやろ。場所も偶然、神社の真ん前やった。確かに後ろの森ん中に落ちてったよ」

「でかい音がしたでしょうね？」

主婦は激しく首をふって否定した。

「ううん。それが不思議なんよ。かなりの速さで落ちてったのに、音がせんのよ」

「まさか」

いや、そうだった。

「全部で四つ——どれも音もせずに森ん中へ消

えてった。でも、あれ、誰が投げたんやろ？　海のずうっとずうっと沖の方から、誰がどうやって投げたん？」

　また、あの名前が浮かんだ。今度は邪魔が入らなかった。

CTHULHU

クトゥルー

# 第五章　海より陸へ

## 1

丸い月が出ている。皓々《こうこう》と地上を照らしているのに、表面の縞がはっきりと見える。何をしても最悪の結末が招かれそうな晩であった。

一本電話をかけてから、南月は宿を出て岩魚神社へと赴いた。時刻は零時を廻っている。

蒸し暑いはずがないのに、肌が汗ばんでいる。

——何もかも狂ってやがる。こんなことばかり続くと、やがて帝都の空いっぱいに亜米利加の飛行機がのさばるぞ。

正攻法で挑むつもりはなかった。神社の裏手へ廻った。十五尺もありそうな石壁が月光を浴びている。その端からも木立ちの頂がなお高くに見えている。

壁の上に張られた高さ三尺ほどの鉄条網が南月の狙い目だった。

腰にくくりつけた鉤縄《かぎなわ》を広げて放った。これは東京から携帯して来た品である。

一度の投擲《とうてき》で、鉤は鉄条網の何本かにひっかかった。

石壁をよじ登り、鉄条網を越えるのは造作もなかった。

地面に降り立つと、昼間の主婦の言葉が理解できた。

「しばらくするとわかるで。あそこは何か薄気味悪いの」

地面から噴き上げる瘴気が毛穴という毛穴から吸いこまれて、身体中を巡っていく。臓腑という臓腑が腐って行き倒れるのではないのか。

十歩と行かないうちに、外見《そとみ》より遥かに広い森だということがわかって来た。

何処から窺っても、鬱蒼《うっそう》たる木立ちの連なりの向こうに社殿が見えないのだ。余程隙間なく植えられているらしい。

ふり仰いだ。月は？　見えない。星も同じだ。冷たいものが南月の背を這った。行き倒れが現実味を帯びて来た。

行き当たりばったりで歩くしかないと決めて進んだ。
五、六十歩で止まった。
前方の幹の表面が赤く揺れている。炎が映っているのだ。ぎりぎり顔を出して覗いた。

木立ちの間を広く抜いた空き地めいた一角に、十個近い影が蠢いていた。

幾つかは松明を手にして闇を押しのけている最中だ。

影のほとんどは、生白い肌の生きものであった。夜だというので邪魔な衣服は脱ぎ捨て、驚くほど生生《いきいき》して見えた。

二人だけ違った。

白衣に白袴の老人——神主と、長い髪を垂らした美女だ。悩ましいラインを際立たせる黒い密着衣装——というより全裸に影をまとった風である。

昨夜、岩陰から海中へ身を躍らせた女に間違いない。昼間見れば、ちぐはぐもいい組み合わせだが、暗黒の支配する森の中では、白い生きものさえも同族に見える。

一同の真ん中に重なった二つの金属らしい大箱が、南月の眼を引きつけた。ひょっとして宙を飛んで来たのは——あれか？

頭上で木が騒いだ。

待つものたちに木の葉が降りかかり——何かが落ちて来た。鈍い音をたてて地べたにめりこんだものは、錆だらけの鉄の箱であった。

いま飛来したものではない、と判断した途端、謎が解けた。

海の彼方からの投擲品は、この密集樹木の大枝が受け止めていたのだ。

これなら地響きもしない。枝の折れる音など深夜近所に届かないし、そうなっても気にもしないだろう。後は下ろせばいい。

刑事の好奇心が燃えさかりはじめた。

まず——あの鉄箱の中身は？

照明の炎は、錆びた無数の凸点を照らし出している。凸点は——フジツボだ。長いこと海の中に眠っていた品を、何かが放ってよこしたのだ。

何が？　どうやって？

もうひとつ落ちて来た。これで全部だ。白い連中が、ゲロゲロ言いながら、箱にとびついた。すぐ肩に担いだ。ひとつに一匹——何が入っているにせよ、外見からは想像も出来ないパワーの持ち主らしい。

女が社殿の方へ顎をしゃくった。

——開けろ、莫迦と叫ぶわけにもいかない。

奇怪な運搬作業も、南月は見送るしかなかった。

そのとき、女が何か言った。南月にはルグとかンアとか聞こえた。

箱が止まった。最後のひとつは女の眼の前にあった。

妖艶な顔がこちらを向いたとき、南月は隠形の労が無益だったと悟った。

「この間の男ね。刑事さんかしら？　よくここまで入って来れたわね」

南月は最小限の動きで、ベルトにはさんだブローニングを抜いた。射撃には自信があるし、八連発で予備弾倉《マガジン》もひとつ——ひとりでも十分に闘《や》り合える戦力だ。

「出ていらっしゃい。どうせ逃げられないわ」

「真っ平だ」

と応じた。

「おまえたちこそ、お縄を頂戴しろ。じきに警察が来るぞ」

女と神主は見合わせた。笑っている。

「この神社のことを、誰から訊いた？」

神主が声をかけて来た。

「上司だ。決まってる」

「成程、刑事などは所詮、使い捨ての駒だろう。始末しろ」

残りの半蛙どもが南月——の隠れた幹の方へ歩き出した。

「お待ちなさい」

女が止めた。

「一度会ってるわよね。あたしの裸も見た。何か因縁を感じるのよ。腕利きなのは間違いないんだろうけど、あなたが選ばれたのは、それだけの理由？」

「そんなことを訊いてどうする？――みんな手を上げろ」

「その前に――これの中身を見たくない？」

女は一歩前へ出ると、眼の前の鉄箱を軽く叩いた。

「開けろ」

「あや様、いけませんぞ」

神主が動揺した。

あや？　枡光子ではないのか？　別名か？

「まかせて――下ろして開けなさい」

水掻きのついた白い手が、それを地面に下ろした。あやと呼ばれた女が松明を一本取って箱の上に掲げた。錆とフジツボの下に、生物らしい浮彫りが見えた。

炎が明確な像を脳に伝える前に、南月は眼をそらした。見てはならない、と本能が伝えたのだ。あんなものを見たら、精神の一部が死んだまま一生を送らなくてはならない。

ぼんやりと脳内に浮かんだイメージを、南月は必死で忘れようと努めた。ヤリイカのような頭部と、触手のように蠢くおびただしい髭様のもの――

歯車が噛み合うような音が届いた。ギイと蝶番《ちょうつがい》のきしみか。

南月は見た。

箱の内部はこちらに向いていた。

収まっているのは、青黒い寒天状の物質であった。

「これは保護用の物質よ。要の品はこれ。何だかわかる？」

　あやは身を屈めて、寒天の中に手を入れ、何かを掴み出した。動きからして軽そうだ。

「宝石に見えるだろうけど、これは金属の一種よ。オリハルコン。聞いたことがあるかしら？」

「知らん。それが何の役に立つ？　黄金《きん》か銀か白金《プラチナ》ぐらいの値打ちのある貴金属なのか？」

「黄金？　白金？」

　あやは白い喉をのけぞらせて笑った。声はない。それは隣の神主がたてた。露骨な嘲笑であった。

　笑いが収まると、

「よく聞け、若造。これは今の人間が歴史というものも知らなかった時代、大西洋に浮かんでいたさる大陸で発掘され、文明隆盛のために用いられた品だ。晴天にかざせば太陽の熱と光をいつまでも留め、大陸の市街には夜がなかったという。これを用いて作った鏡を敵に向ければ、それは太陽と等しい熱を放射して、船団を丸ごと炎に包んだという。また、ある時は鉄を熔かす燃料となり、使い方を逆転すれば、熔けた鉄さえも一瞬のうちに凍らせる冷気の源《もと》にもなったという。この性質を利用して大陸は様々な兵器を加工鋳造し、四辺の国々と矛を交えたと伝えられる。もっとも、この国では金銭の代わりだが」

「金銭？」

2

「真の価値も知らずに、単なる考古学的珍品、神秘学者たちの歓ぶ記念品として床の間に飾っておこうとする好事家どもが、途方もない金額で買い取るのだ。例えば財閥どもが」

「財閥が？」

「いま言った燃料源としての使い方ひとつ取ってみても、この国の現状に合致しているとは思わんか？　亜米利加などと戦争をおっぱじめおって——鉄を熔かすには石炭がいる。軍艦を動かし、戦闘機を飛ばすのは石油だ。どちらも乏しい。だが、このオリハルコンさえあれば、無尽蔵といってもいい熱が生み出せる。一介の刑事にこんな講釈を聞かせても詮ないが、眼端《めはし》の利く実業界の狸どもは、すでにオリハルコンの力を利用した動力機関の開発に着手しておるわ」

南月は沈黙した。神主の言葉が本当なら、この国として悪いこととは思えなかったからだ。

「安堵は禁物よ」

あやの声が彼の思考を復活させた。どんな解釈も刑事は納得してはならないのだ。

「ここにあるオリハルコンでは、大した力を生み出せないけれど、お金にはなるわ。私たち大いなるCTHULHUを祀る〈陀勤秘密教団〉の活動資金にはね。よくお聞きなさい。教団員は、あなた方が信じられないくらいに、この国の中枢に食い込んでいるのよ」

「おまえたちの資金稼ぎの手口はわかった」

南月は左手を上げた。

「次に訊く、その箱を飛ばしたものは誰だ？　英吉利か？　亜米利加か？　それとも独逸か？」

彼にはまだ信じられなかった。オリハルコンとやらの性質も、それに絡んでこの国の深部に食い込んでいる邪教の徒の一件も。何よりも、この鉄の箱を海の向こうから飛ばすなど、相当の科学技術の所有者でなければ、可能なはずがない。

「その荷物が、どれくらい深い海の底に、どれくらい長いあいだ横たわっていたと思っているの？　人間の歴史より遥かに古い時代からよ。アトランティスの住人は人間じゃなかったわ。気の毒ね、それを届けてくれたのは、諸外国の秘密の飛行艇でも潜水艦でもないわ。フングルイ・ムグルウナフ・CTHULHU・ルルイエ・ウガ・ナグル・フタグン――ルルイエに眠るCTHULHUが、あたしたちの祈りにひととき目醒めて、届けてくれたのよ。野球《ベースボール》の投手《ピッチャー》のようにね」

南月はめまいを覚えた。黒い海の涯《は》て、豪州に近い太平洋の洋上から、奇怪な蛸状の触手が浮き上がる。その先に保持されているのは、何万年前のものとも知れぬ鉄の箱だ。触手が――触手の主が、何千尋ともわからぬ海底からそれを投擲する。すると、鉄の箱は海を越え陸を越えて、遥か日本の岩魚神社の森の中に落ちるのだ。


まさか――と思いながらも、南月はこのイメージを受け入れている自分に気がついた。数寄屋橋の地下で見た、あの影と腕。

よせ、信じるな。そんなものい、や、し、な、い。人間は世界のすべてを知り尽くした覇王なのだ。

左右から濡れた足音が近づいて来た。

幹から離れ、迫り来る半魚人に、南月はブローニングを向けた。

「下がれ――射つぞ！」

なぜ、叫んだ？　そいつらは人間じゃない。なのに叫んだのは、そののっぺりした蛙みたいな顔の中に――、ああ、人間の顔が見えるのだ。

左の奴が大きく一歩出るなり右手をふった。受けるより躱せ、と本能が命じた。大きく後ろへとぶ寸前、右頬にちりと来た。

「くう」

ブローニングが唸った。

そいつは胸を押さえて蹲った。水掻きの間から闇色の血が激しく溢れて草を濡らした。

右の奴が身を屈めた。

そっちへ一発。いない!!　頭上でゲロと鳴いた。

ふり仰いだ。左方からせり出した大枝の上に、そいつは乗って――身構えていた。

続けざまに射った。三発目でそいつが顔にぶつかって来た。

凄まじい打撃が南月を地面へ突き倒した。後頭部が激しく揺れた。

意識が遠ざかる。

「生かしておけない？」

あやの声だった。

「ならん。こいつは知りすぎた」

神主だ。

「気になることがあるのよ。あの阿蘭陀船《オランダ》――船長を見た？　彼、この刑事に――」

「それより――、明日の手筈は――このひとかけらで――買取済みだ――め、首のすげ替えは――本物の――」

ここで、南月の意識は闇に溶けた。

気がつくとジープの後部席に乗せられていた。運転席と右側に警官が陣取って、岩魚警察署の永山と村上だと名乗った。

「あなたの連絡通り、岩魚神社を急襲し、神主を捕縛いたしました。他の連中はなんと海へ飛び込んで消えてしまいました。溺死したものと思われます」

あやと呼ばれた女――枡光子は見つからなかったという。鉄の箱は収容した。

「神主は東京の警保局へ送ってもらいたい」

「ほお、うちの署では信用できねえと？」

ハンドルを握った永山が不平そうな声を上げた。

「そうだ。あいつの背後には、とんでもないものが控えている。おれたち人間の手に負えるのかどうか……」

「ほお」

わざとらしい声で、やっと悟った。警察の連中に、海の底に眠り続ける〈神さま〉の話をしても無駄だ。イカれた神主と、遥か彼方の海底に生きる魔物とを関連づけるなど、死んでも不可能だ。或いは、これこそ神が人間に与えた最大の恩寵《おんちょう》かも知れない。

「着きました」

永山がジープを止めた。

南月は窓の外を見て、背筋が凍った。

警察署などなかった。

月光の下に磊々たる岩塊が広がっている。遠くで波の音。

「下りていただきましょう」

と村上が拳銃を突きつけた。

車を出て、崖の上だとわかった。

「下まで六十尺はあります」

眼の前で永山が生真面目な表情をこしらえた。

「何人か自殺者が出ましたが、誰ひとり浮かんでは来ません。あなたもそうなってもらいます」

「おまえらも神主の仲間か？」

「いえ、あそこで何が行われているかも知りません。ただ、邪魔者は処分してくれと、日頃から小遣いを貰っておりました」

「神主の件は？」

「申し上げたことはみんな本当です。神主は署へ送られました。あなたが要求すれば東京へ移送されるでしょう。わしらにはどうにもなりません。ただ、約束は守らねばなりません」

「おい、警察官は、正義のために働きますと、国民と社会に約束してるんだぞ」

「これが、わしと村上の正義なんですよ」

永山が顎をしゃくった。

村上が拳銃を持ち上げた。南月は右へ跳ぶか左へ跳ねるかと考えた。

右だ！

銃声が轟いた。

遅れた、と思った。跳んだ地面の上で、しかし、痛みは襲って来なかった。村上の姿は忽然と消滅していたのである。

「な、何が……？」

相棒が存在していた空間を見つめながら、永山は後じさった。

「確かに、いまそこにいたのに――ぱっと消えてしまった。誰が――どうやって？」

その全身に何かが巻きつくのを南月は見た。

何処から、何が!?　と思った瞬間、永山も見えなくなった。

凄まじい力が全身を圧搾した。南月の番だった。おしまいだ、と思った。

## 3

喝。

それを聞いた刹那、南月はどっと岩の上にへたりこんでいた。身体中から汗が噴き出ていくのがわかる。それから――凄まじい勢いで震え出した。歯と歯が狂気のように鳴った。


深い声がそれを止めた。

「無事かね？」

ひと息吐いて、南月は顔を上げた。視界の右端にごつい岩がとび出ている。その陰から数名の人影が現れたのである。

普通の背広姿が二人――その前に黄金の法衣を身につけた巨漢が立っていた。

「あんた――出口」

「王仁三郎でございます」

大本教の現教祖は禿頭《とくとう》を深々と下げて一礼した。

「どうして、ここに？」

「〈陀勤秘密教団〉や警察ほどではありませんが、私にも手足となって働く人間がおります。あなたが東京駅で列車に乗ったときから、失礼ながら尾行させていただきました」

「なんで、おれなんかを？」

「ある方からアドヴァイスを受けましてな」

「それは敵性語だぞ」

王仁三郎は破顔した。二人の男が走り寄って南月を立たせた。

その手を押しのけて、

「じゃあ、おれがあの神社で殺されかかっていたのも？」

「警察が駆けつけなければ、出て参りました」

「――それはありがとう。ところで――」

「今の奴ですかな？」

「ああ」

「確信は持てませぬが、―― CTHULHU ではないかと」

「二人も消えちまったぞ」

「恐らく、海の藻屑と化しておりましょう」

「おれは、あんたの一喝で助けられたのか？　大したもんだな」

「いえ、到底私ごときの力及ぶ相手ではございませんでした。やはり――〈神〉」

王仁三郎は片手で口を覆った。

突然、黒い生きものが指の間から夜に広がって、その足元に叩きつけられた。

血だ。

王仁三郎はよろめき、それだけで立ち直った。

「ご教祖」

南月を助けた二人が悲痛な声をふり絞ったが、駆けつけようとはしない。南月を助けろと命じられているのだ。見事なものだった。

「その御方を東京へ――夜通し車を走らせなさい」

「承知いたしました」

二人は南月をジープのずっと後方に止めてあった黒塗りのリムジンのうち一台に案内した。

ひとりがハンドルを握り、もうひとりは助手席――王仁三郎の子飼いらしく、きびきびとした動きであった。

まず南月が、続いて王仁三郎が後部座席に収まると、車はすぐに走り出した。

「これは――ロールス・ロイスか？」

「左様で」

「大本教は大分儲けていると聞いたが、本当らしいな」

王仁三郎は声もなく笑った。元気な血まみれ男だが――重症に違いない。

「医者へ寄れ」

南月の言葉に彼はまた破顔して、

「わしには〈艮《うしとら》の金神《こんじん》〉さまがついております。これしきのことで」

と胸をひとつ叩いて、ゲホゲホやりはじめた。

南月の胸にあたたかいものが湧き上がった。間違いなく、魔物を放逐して彼を救ったこの巨漢が、ひどく愛嬌のある普通のおっさんに感じられたのである。

咳が治まると、

「あんた、おれよりCTHULHUとやらに詳しそうだな。幾つか訊きたいことがある」

「手前でお答えできることなら何なりと」

「上司がおれを今度の任務に選んだ。おれに文句はない。だが、神主とあの——あやと呼ばれた女はそれが気になったらしい。それと、おかしなことを口走った。阿蘭陀の船長って誰のことだ？　あんたにおれを見張れとアドヴァイスしたのも、そいつじゃあないのか？」

「敵性語でございますぞ」

と言って、王仁三郎はにっこりした。

南月は苦笑するしかなかった。

「その阿蘭陀の船長とやらにも心当たりはありますが、私へ忠告して下すった方は、別人でございますな。こちらは亜米利加人で、どちらも古くからのお付き合いになります」

「名前は？」

「さて、あちらの都合で頻繁に変わります」

「じゃあ、その米利堅の名前をひとつ教えてくれ」

「そうですね——ミナスキュール」

「米利堅じゃあないな」

「偽名でございましょう。ミナスキュールとは、八世紀から九世紀にかけて広くヨーロッパで用いられた文字のことでございまして、〝キリスト教の仮面の下に、古代信仰と祭儀がひそやかな復活を開始し、アーサー王の故郷カーリオンにあるローマ人の廃墟の上と、崩壊に瀕したハドリアン皇帝の堡塁塔のかたわれから古代イギリスの青白い月が、異様な宗教行事を瞰下ろしていた当時のものである〟——と、これはCTHULHUの一件に関して、まるで記録執筆者の役割をふられたかのような、亜米利加人作家の物した一節でございますが、私が申し上げられるのは、亜米利加の東海岸にあるプロヴィデンスとか申す古都で、過去の邪悪なる魔道士が復活したとき、彼とその仲間をふたたび封じるのに力あった方――ということだけでございます。ですが、その魔道士の新たな跳梁を許せば、世界は途方もない悪災に見舞われていたに相違なく、その意味で、我々はその方に、永劫の感謝を捧げなくてはならないのでございます」

淡々と語り続けた王仁三郎へ、南月は長い溜息で報いた。

車は夜の道を恐らくは最高速度で驀進《ばくしん》中である。舗装路ではない。天下のロールス・ロイスといえど容赦なく跳ね上がった。

「正直、おれには何を聞いても、この案件の全貌が理解できん、今でも半分は、おれをからかうための壮大な法螺《ホラ》ではないかと思っている。さもなければ夢だ」

「夢」

「そう思わなくて正気が保てるか。出口さん――あんたは、CTHULHUとやらが本当に海の底で、この星の覇権とやらを手に入れようと虎視眈々と狙っている――そんな話を本気で信じているのか？」

「そう仰られると――少々困りますな」

巨漢は困ったような顔で禿頭を掻いた。

「世に仇なすものがいると、船長とミナスキュール殿から知らされたのは、まだ童子の頃でございますが、それから色々な目に遇いました。普通なら心魂《しんこん》に徹して信じる、と申し上げたいところですが、いや私もただの凡人――小指の先ほどの疑いは抱いております。いまだ、修行が足りません」

南月は微笑した。本気なら警察局へ連行し、洗いざらいぶちまけさせなくてはならない。だが、眼の前の巨漢の、それこそ童子のごとき面立ちを見ていると、そんな考えも陽光の前の狭霧《さぎり》のごとく四散してしまうのだ。

「なあ、東京までまだ時間はある。おれとあんたの体力が続く限り、腹の裡をさらけ出そうじゃないか」

若き刑事の眼の前で、慈悲のような笑みが広がった。

「よろしうございますとも」

# 第六章　鋼の城

## 1

霧は今朝、急に発生した。

気温の上昇によって蒸発した水分が、上空の冷気に触れて凝縮し、おびただしい微細な粒と化して海上を漂う——こう書いてしまうだけでは済まない、異様に濃く、異様に厚い濃霧であった。

太平洋上——南緯四七度九分、西経一二六度四三分。日出ずる国の若き頂点が、深海《やみわだ》の底で奇怪なる旧支配者とその眠る大城塞を目撃した地点であった。

午前零時少し前、一隻の潜水艦が音もなく浮上し、数個の人影を甲板上に吐き出した。独逸軍のUボート29であった。

やがてエンジン付きのゴムボートが下ろされ、霧を押し分けつつ、正確な目標地点まで、言葉少なにひとりの男を運んで行った。

ボートは止まった。彼方の潜水艦も、三人の乗員も、霧の中をさまよう亡霊のようであった。

やがて最もたくましい、威厳に満ちた風貌の男が立ち上がり、海軍の防水用外套《コート》の内側から羊皮紙を巻いたものを取り出すと、紐をほどいて左右に広げ、少し待って、高く低く奇怪な文言を唱えはじめた。

それは、人間以前の人間が言葉を作り出すさらに以前の言葉、大宇宙と異次元の形成言語の混ぜ合わせであり、もはや何処にも存在しないはずの、しかし、秘めたる海底や灼熱の未踏砂漠、氷雪吹きすさぶ幻峰と高原で、そこに棲む怪異な住人たちに、予言のように使用されている密呪であった。

それを誦《ず》せ。それを誦せ。

足元一万尋の魔性と、ベルリン総統府の巨大なる一室にこもって世界征服を夢想する男が、それを望んでいる。

半時間もかけて、男はそれを誦し終えた。

それから、羊皮紙を真っぷたつに引き裂いて水面に投じた。紙は鉛のように黒い水の中に沈んでいった。

後は待つしかなかった。

正直、男は気が急《せ》いていた。ここは豪《オーストラリア》州軍の制海圏内である。より近いニュージーランドのオークランド港には、英吉利の巨艦〈キング・ジョージ五世〉三万六七五〇トンと巡洋艦三隻が寄港中との噂もあった。勿論、いま男のいる海域に睨みを利かすためである。亜米利加軍も戦艦〈ウィスコンシン〉四万五〇〇〇トンと〈サウスダコタ〉三万五〇〇〇トン他複数の重巡軽巡をチリのバルパライソへ派遣、同海域を監視中という。CTHULHUとルルイエに関する情報と、地球に対する脅威であるとの認識は交戦国すべてが共有していたが、それについての協定や条約は白紙のままで、敵国から容赦ない砲撃を食らうのは目に見えていた。先程から哨戒機らしい爆音が近づいては消えていくが、あれも太平洋の人知れぬ一地点が、信仰にも近い脅威の邪宗院《じゃしゅういん》と化した証左《しょうさ》であった。

霧の奥から、何やら水面を叩く音が近づいて来たのは、誦し終えてから、一時間以上を経過した時であった。男のポルシェ製腕時計は午前一時十三分をさしていた。

二人の軍服姿は緊張したが、腰のルガーに手をかけはしなかった。決して敵対行動を取ってはならぬと、男から厳命されていたのである。

やがて——立ち尽くす兵士たちの前に、ひとりの若者が現れた。

何処の国のものとも知れぬゴム製の長外套《コート》を着て、長靴《ブーツ》をはいているが、彼は船やボートに乗っているのではなかった。長靴のくるぶしを波が洗っている。

浅瀬などあり得ない。海深し。数千尋の深みの上に、彼は二本足で立っているのだった。

Uボートから来た男の頭にまず浮かんだのは、何らかの技術的ペテンではあるまいかとの思いであった。亜米利加、英吉利、豪州、いや、あの科学音痴の仏蘭西ですら、それくらいの手品《マジック》はやるだろう。

だが、やって来た男の若い東洋人的風貌と眼を見た刹那、疑惑は霧消した。疑いようもなく人間でありながら、それはこの世のものではなかったのだ。

「あの呪文を何処で？」

と水面に立つ若者が訊いた。達者なドイツ語であるが、Uボートの男は、そのとき確信めいた思いに捉われた。

——こやつ、日本人ではないのか？

「我が親衛隊《SS》が、チベットの奥地にある古代寺院から収集して来たものだ」

「収奪の間違いではありませんかな——そちらの姓名は承知している。私はNAIBARAと申します」

「NAIBARA？　やはり日本人か」

「極東の島国では。アラブの太陽の下、北極のブリザードの中では別の名を名乗ります」

若者は片手を胸に当てて、

「あなたが誦した『竜の王の召喚譜』は、九十二項目の第四節が欠けている。よって、偉大なるCTHULHUの眠りは妨げられませんが、私を名代とするだけの力はありました。ご用の向きを承りましょう」

「君は——〝這い寄る混沌〟か？」

「スフィンクスが砂漠を歩いていた時代、そんな風に呼ばれた記憶もございます」

ずっと虚ろだったUボートの男の眼に、生気が甦った。

「それなら海も歩いて渡れるはずだ。言おう。我がドイツ帝国の望みは、CTHULHUの復活と我らへの協力だ」

「協力？」

若者の細い眼が、見たこともない色光《しきこう》を放ったような気がして、Uボートの男は緊張した。いつもの態度を取ってはならない。ここは〈神〉の住まう館の前なのだ。途方もなく邪悪な〈神〉の。

「慎んでお願いする。総統からも直筆の親書を授かっておるのだ」

「それは別の場所で見せていただきましょう。話もそこで」

「危険です！」

二人の付き添いが顔を見合わせ、右手でホルスターの蓋を開けた。

NAIBARAが、じろりとそれを見て、それから頭上を指さした。エンジン音——哨戒機が戻って来たのだ。

「それは、あれに使いたまえ」

ルガーを摑んだ軍服姿の手が真上に上がった。

太平洋の広がりにささやかな銃声が一度だけ鳴り響き、それで——

終わりではなかった。

丁度一同の頭上にさしかかった爆音が、急速に降下しはじめたではないか。

やがてUボートの彼方でそれなりの爆発音が上がり、幻火のような炎が噴き上がった。

世界最高の射手は、呆然と立っている。ルガーを射ったのも、その結果も、彼の意志ではなかったのだ。

「拳銃弾一発で哨戒機を——」

Uボートの男が訴えるように言った。

「〈神〉の力だ。疑いようもない。お伴しよう」

Uボートの男はうなずいた。眼にした現象が、岩壁のごとき現実《リアリティ》信仰を打ち砕きつつあった。

「お手を」

若者がさしのべた手を摑んだものの、Uボートの男は困惑の眼差しをCTHULHUの使者に向けた。

「そのまま下りなさい。心配はありません」

Uボートの男は波の上にあった。

二人の部下をふり向いて、

「戻っておれ。私もすぐに行く」

「参りましょう、閣下」

と若者は言った。霧がその姿を時にリアルに、時に影絵のように見せていた。

「――それとも、提督でしたかね」

「どちらでもよい。〈神〉の前では同じことだ」

「よい御心掛けです」

水の上を二つの影が歩み出すと、二人の護衛はUボートに戻った。

それから五十数年後に別の土地で死を迎えるまで、彼らはその霧の夜に見たものを口にしなかった。

ベルリンの総統ですら、その口を割ることは出来なかった。帰国したその日のうちに、二人は精神病院へ収監されてしまったのだ。

だから――
提督と東洋の若者とが消えていった霧の彼方に、何やら巨大な――途方もなく巨大な生物の頭部らしきものが浮かんでいたことを、誰も知らず終いだった。

「いよいよハーレムの下だ。あいつらの溜まり場だぞ。武器はちゃんと使えるか？　眼の前にあいつらが来てから、弾丸が出ませんじゃコントにもならねえ。自信がなきゃ、一昨日《おとつい》届いた消音器《マフラー》をつけて試し射ちしてみろ。ただし、一分以内にだ」
声の主――N　Y《ニューヨーク》警察四九分署の元主任警部は、自らトンプソン短機関銃《サブマシンガン》の筒先に、長いソーセージみたいな小道具を装着するや、隣の廃線路めがけて掃射を送った。

銃声は、いつもの三割程度に減殺されていた。迫り来るコンクリ壁が火花と破片をとばし、それが下へ散ると、ぎゃっ、と獣みたいな声がして、何かが闇の中へと吸いこまれた。

「もう来てるぞ！」

元主任警部は警告を発しながら、左右を見廻した。

長方形――縦八メートル、横五メートルほどの鉄製トロッコは、最大時速約八〇キロ。乗員は八名、いずれもＮＹ中の警察署から引き抜かれたベテラン警官ばかりだ。引き抜かれるのはいいが、みな、地下五〇メートルまで拉致されると知らないから、後で騒然となった。

警部の声にいよいよかと武者震いをしたとき、左横につぶれた地下鉄の車輛が現れ、すぐに闇に消えていった。

「何です、あれは？」

と彼は、すぐ横でレミントン社の散弾銃に赤い弾丸を詰めている男に尋ねた。確かジョッシュと呼ばれていたようだ。

「あれか。あれも一連の事件の流れさ。あいつら、たったひとりでホームにいる最終電車の客や、構内をうろつく酔っ払いがいなくなったと知るや、あの日、五番線の線路をねじ曲げやがったんだ。おれたちも駆けつけたが遅かった。あんときだけは、いくら高給でもこんな仕事は受けるんじゃなかったと嘆いたよ。あいつら無事な連中も怪我人も見境なく襲いやがって――。食い殺されたのは十人と少しで、手や足を食いちぎられたのが殆どさ。首もひとりいたっけかな。もう、オイルとそれが焼ける臭いに混じって血臭《けっしゅう》の凄まじかったこと。その日に要求して次の日にはガス・マスクが届いたぜ。あんたもその事故のことは知ってるよな？　そう七月二十四日のあの事故よ」

「いつからなんです、食屍鬼《グール》なんて奴らが、地下鉄に巣を作ったのは？」

「何でえ、あんた全部お見通しじゃねえのかよ？　あれだろ、あいつらやCTHULHUのこたあ、みぃんなあんたの小説に書いてあるんだろ？　NYの地下深くに潜む食屍鬼どものことだってよ？　確かつい最近読んだぜ」

「いや、あれは――」

掃討戦用の特製トロッコのエンジン音とその反響に負けじと声を張り上げ、張り上げ、彼は弁解に移った。

「なにィ、あれあんたのじゃねえのか？　R・B・ジョンソン？　知らねえな。ま、あんただって正直、有名たあ言えねえよな。おかしなもン書いちまったおかげで、このNY地下鉄特別掃討部隊じゃたちまち人気作家だけどよ」

「おれも読んだぜ」

と、少し離れたところ――トロッコの中央で、M2ブローニング重機関銃《ヘビー・マシンガン》を構えている黒人が、陽気に片手を上げた。

「あの、棺桶に入れるとき、サイズが小さいんで、死人の足切り落として復讐されるやつ――いや、面白かったねえ」

「そりゃ、嬉しい。ありがとう」

笑い返しながら、彼は黒人の眼が笑っていないことに気がついていた。凄まじい生と死を見て来たからに違いない。人が生きながら食われてしまう。そんな死は誰だって願い下げだ。おれだってそうだ。こんなところ来たくなんかなかった。作家としての好奇心と、政府が借りてくれた一軒家に、体のいい監禁状態で置かれるのが嫌で、気晴らしに出てみたが、もう後悔している。おれはプロヴィデンスのカレッジ・ストリート66にある古い家で小説だけを書いて暮らすのが性に合っているんだ。ああ、なんであんなものを書いてしまったんだろう。おかげでナチスには襲われるは、左翼的政治結社には、余計なことしやがってと石を投げられるは、近くにあるメソジスト派の教会の牧師は、家の前を通るたびに、神罰が下るぞと指さして行きやがる。おかげでレッド・フックの隠れ家が名所になっちまった。近々また移らにゃならんだろう。ああ、早くプロヴィデンスに戻ってペンを執りたいものだ。あそこにいれば間違いない。CDWの物語だって、あんなにすらすら書けたのは、やはりプロヴィデンスにいたからだ。CTHULHUが海底から世界を狙ってる？　そんなことが本当に起きるなんて信じるのは、黒人や東洋人やユダヤ人だけだ。あの知的劣等人種ども。本当に起きたとしても、おれの責任じゃない。おれはただの物書きで添削屋だ。スパゲティとミートソースとビスケットだけでひと月送れる倹約家でもある。こんな男と地球の運命なんかが関係があるもんか。何もかも、おれの知らないところで起こってくれ。おれは――

不意にトロッコが揺れた。大きなコンクリの塊が投げ込まれたのだ。悲鳴が上がり、すぐに苦鳴に変わった。

「来たぞお」

あの黒人が叫ぶや、ブローニングＭ２の遊底が、がちゃんと音をたてて引かれた。たちまち一二・七ミリ五〇口径の発射炎が闇を照らし出す。別の隊員が六基のライトを周囲に向けて、敵をあぶり出そうとする。

「いるいるいる、周りはみいんな、あいつらだ。食われるな。絶対に落ちるなよ！」

誰かの絶叫は、Ｍ２と散弾銃、トンプソンＳＭＧの乱射音に掻き消された。

灼けた薬莢が手や顔に当たり、そのたびに彼は悲鳴を上げて、撥ねのけた。

これじゃ戦争だ。誇り高き英吉利の地方貴族《ジェントリー》の末裔たるおれに、こんな世界は合いっこない。やめてくれ、もう下ろしてくれ。戦争なんて真っ平だ。

不意に彼の背に重い、毛むくじゃらの塊がのしかかって来た。

首すじに熱い息がかかり、何が何だかわからぬまま眼を閉じた瞬間、重い銃声が鳴って、背中の奴が吹っとんだ。散弾銃を構えた隊員がウィンクをよこしたが、失神しかけの彼には見ることが出来なかった。耳もとで誰かがこうささやいた。

まだまだ、頑張ってもらいますよ、ラヴクラフトさん。

誰だ、おまえは？　まさか、ナイアル――

ははは。〈神〉というのは結構、義理堅い存在でしてね。プロパガンダのお礼に、あなたには世界

的な名声が与えられます。

ほ、本当か？

私も〈神〉のはしくれです。あなたはあなたの選んだ分野で、世界一愛される作家になるでしょう。

おお！　これで不運だらけの人生ともおさらばだ。書くぞ！

お元気で。ラヴクラフトさん、お元気で。

銃声と光の入り乱れる地下鉄構内で、H・P・ラヴクラフトは極めて心安らかに意識を失った。

## 2

交戦国の首脳陣は、新たな問題に苦悩するときを迎えていた。


国の根幹を揺るがす大戦闘の最中に、今度は得体の知れない敵が、海の底から現れたのである。

当然人間ではないにもかかわらず、それは人間の建造した戦艦の形を取って、亜米利加軍の主力戦艦一隻を打ち沈めた。

それだけでも、各国を震撼させるに十分なところへ、そこから帰国した戦艦が、あろうことか自国の都市を砲撃し、壊滅状態に陥れるという狂気の事態を引き起こしたのである。米英独の行政機構は、正しくパニックに陥った。

どの国も、砲撃を途中で食い止めることは出来なかった。直接被害を受けなかったベルリンでは、事態の確認に手間取リ、最寄りの基地から戦闘機、爆撃機を急行させたときには砲撃は完了し、被災地には、炎と死体と瓦礫の山が残るばかりだった。

首都が直撃を受けた米英では、〈ミズーリ〉〈プリンス・オブ・ウェールズ〉への無線連絡に応答なしと判断される以前に、沿岸警備隊が決死の接舷を敢行し砲撃を中止させんものと死力を尽くした。この際、両戦艦の乗組員は虚ろな眼で警備隊員を見つめるばかりで、無抵抗のまま逮捕された。砲塔内の兵員は、制止命令を無視してなおも砲撃を続行したため、警備隊員たちが艦内の弾薬庫から取り出した爆薬で出入り口粉砕を試みたが、主砲直撃弾にも耐え得る砲塔はびくともせず、また、砲撃のショック波で十名近くがとばされたため、両国とも飛来した飛行機の爆撃をもって砲塔を大破させ目的を達した。砲塔内の兵員は全員死亡、亜米利加は砲撃開始後四時間と三十二分、英吉利は三時間と二十一分後の終焉であった。

〈ビスマルク〉の場合はベルリンの指示が遅れに遅れ、成す術もないまま全弾を射ちこまれる羽目となって、防衛隊員が甲板に達したとき、不沈艦は沈黙に包まれていた。この際、防衛隊員たちを立ちすくませたものは、砲塔内で銃を向けられながら、なおも次弾を発射しようとする砲兵の姿であった。

指揮官たち——艦長と副艦長以下、砲術長、各戦闘指揮所責任者等が、徹底的な尋問を受けたのはいうまでもない。しかし、彼らは宙の一点に眼を据えたまま沈黙し、国家反逆罪を適用するとの恫喝にも、ひとすじの動揺も示さなかった。

反応があったのは、それぞれの国時間で拘束の二日後であった。彼らのみか乗組員全員が高熱を発し、丸一日苦しみ抜いた末、翌日の朝には完全に解熱し、しかも精神状態も尋常に復帰、なぜ自分たちが拘束されているのかと真顔で尋問官を問い詰めたのである。

新たな悲劇はこれ以降に生じた。隠しても無駄と判断した尋問官は、首都砲撃の事実を全て打ち明けたのである。最初は信じなかった艦長以下も、真相が判明するにつれて、驚愕から自失、自失から絶望に陥り、〈ミズーリ〉、〈プリンス・オブ・ウェールズ〉、〈ビスマルク〉の艦長、副艦長は自殺を図った。

このうち、英・フランク・バックレイ副艦長は二度の失敗の後、医務室へ連行される途中で警備官の拳銃を奪ってこめかみを打ち抜き、三度目の企てを成功させた。残る全員は突発的な精神錯乱とされて病院へ収容され、砲撃に無関係な乗員は全員、お咎めなしとなった。

反逆罪を適用されて当然のこの事件に、かくも穏便なる判決が下されたのは、各国の海軍省に送信された一通の電報に基づいて情報部が調査した結果、数年前、米プロヴィデンスの街である青年彫刻家が狂気に陥った後、同様の高熱、覚醒を経て何も知らぬまま復活、他にも世界的レベルで同じような症例が確認され、この原因が遥か大平洋の海底から放たれたCTHULHUの精神波にあると推定されたためである。

推論で絞首刑を免れる事態とは思えなかったが、米英独の軍上層部の軟化した理由が、その電報にあったのは間違いない。それに疑問を感じた関係者もいたが、それぞれ大統領、女王、総統の指示によってそれきりになった。差出人は不明のまま、それは歴史の闇に呑まれてしまったのである。

事実、各国首脳部は混乱の極みに落ちていた。

自国の船による自国への砲撃など、想定外を超える想定外の怪事であった。他の場合なら、平穏なる原因究明は不可能であったろう。しかし、彼らは一通の電報を信じた。CTHULHUはいる。彼ら一国のみならず全世界を掌中に収めんとする超古代の〈旧支配者〉が甦らんものと策を弄している。

首脳部はそれぞれ他三国へ連絡を取って対策会議の開催を提案した。首都への砲撃を伏せたのは言うまでもない。そして驚愕に襲われた。「平和海域」へ出撃した四カ国のうち日本艦のみが支障なく帰投していたからである。

自国への砲撃を秘匿している手前、詳しい事情を訊くことは出来なかった。また、日本の方も問われて明確な答えが出せる状況でもなかった。

しかし、共通の敵を見過ごすわけにはいかない。電信での秘密会談が続き、CTHULHU対策会議の場所は、アメリカ・ワイオミング州の州都シャイアンに決まった。その前日、外務大臣矢吹清三郎は十名の随行員とともに特別仕様の輸送機で調布飛行場を後にした。


その日の午後、鬼神大佐は緒方に神楽坂の料亭へ招かれた。

案の定、山田侍従も一緒だった。

芸者も来た。彼女たちの一番人気は、意外にも鬼神や緒方より無口な山田侍従であった。他の二人も不思議と腹を立てなかった。この男は天性《てんせい》人に好かれるのだ。

「ご披露します」

頬かむりをして踊った安来節《やすぎぶし》の見事さに、芸者たちも二人の軍人も、誉める前に呆然となった。

凄まじい拍手の中を戻って来た山田へ、

「一献」

と酒を注ぐと、悪びれる風もなく呑み干した。

「強いな」

「とんでもない。ご返杯」

注がれた清酒を空けて、

「これは思いつきだが、おまえ、戦略を学んだことがあるか？」

「滅相もない」

「趣味でもか？」

「はい。どうしてそんな？」

「おまえがどんな切れ者でも、場違いの席では、その実力の半分も出せまい。おれは軍艦乗りだが、宮内省へ出向させられたら手の打ちようがない。素人と同じだ」

微笑している。

「しかるに、おまえはこの席にいても、侍従などという気がしない。まるで三十年おれと〈長門〉に乗り込んでいるベテラン士官のようだ。おれが倒れてもその場で代わりが務まるだろう」

「ご冗談を」

山田は逃げるように廊下の方を向いた。

店の者が新しい酒肴の盆を運んで来た。

「こちらの方はどうだ」

鬼神は右手で左の二の腕を叩いて見せた。

「からっきしでございます」

「その首から肩にかけての肉の付き方——宮内省勤めとは思えんなあ」

「子供の時分から力仕事をして来ましたから」

本当とは思えない。思えないが、鬼神はからかってやりたくなった。

「これはどうだ？」

両手の拳を縦に重ね、上の人さし指だけ立てて、ふり下ろした。

山田の表情が変わった。

不敵な、と鬼神には閃いた。

「やるのか？」

「子供のとき、神社の神主から手ほどきを受けました。古い流派でした。名前も覚えておりません」

「それでも、おまえは習ったという。途轍もない修行を積んだと見る」

「素人の手慰みですよ」

「では——見せてもらうとするか」

「は？」

上座の席で、緒方がこちらを睨んだ。

「おい、鬼神」

「ご心配なく。ほんの座興で。おい、何処でやる？」

「本当に？」

「勿論だ」

鬼神は立ち上がり、床の間に立てかけておいた朱鞘の一刀を摑んだ。刀掛けには緒方の軍刀がかけてある。

さして業物ではないが、代々鬼神家に伝わる品である。何人かの血を吸ったと祖父から聞いていた。

「何処でも結構です。しかし——」

「——しかし？」

「いえ」

山田はかぶりをふった。

鬼神の胸は驚きに張り裂けそうだった。

今のしかしは、しかし、ひと振りでは、じゃなかったのか。もうひと振り。おれと斬り合うつもりだったのか、こいつは？

鬼神は銃剣道七段——歴代の士官中最高の速さでの取得であった。みなが驚愕した。

木刀でも銃剣でも、彼の突きを躱せる者はいなかった。受ければ三十貫を超す巨漢でも吹っとび、羽目板に激突して意識を失った。

山田は知らぬに違いない。

そう納得しかけたとき、とんでもない横槍が入った。

二人を見ていた緒方が立ち上がり、刀掛けの一刀を掴むと二人のところまで来て、

「ほら」

と山田に差し出した。

鬼神がどう処置するか迷っていると、

「ありがとうございます」

山田が両手で受け取った。

思わず、莫迦と出た。

本気で斬り合うわけがない。中将の佩刀《はいとう》を刃こぼれでもさせたら責任問題に発展しかねないからだ。せいぜいお互いの型を見せるか、簡単なもの——広い池のほとりに植えてある竹を切り比べてみせるかくらいと考えていた。

「中将殿、自分は——」

そこで緒方と眼が遇った。
鬼神はあきらめた。
何を考えているんだと言いたかった。
緒方は何も言わずに見つめている。何かを察したらしい芸者たちも笑顔を消していた。
――寸止めか、
と考えて、やめた。こうなったらやるしかない。
それは鬼神自身が望んでいたことだったのだ。
「本気で来い」
とだけ言った。
山田はうなずいた。あの涼しい笑顔だった。
「下りよう」
座敷をどちらかの血で汚してはまずい。
二人は庭へ下りた。靴下で直に土を踏んだ。
中将と芸者たちが回廊へ出て来た。

鬼神は青眼《せいがん》の構えを取った。いつでも空きが出る。引く分が無駄だが、山田の初太刀は受けてやるつもりだった。古流派のひと言に興味を覚えていた。

山田は下段――真剣の先が地に触れている。

――待って斬るか。なら、待たせん。

鬼神は呼吸《いき》に合わせて、じりじりと前へ出た。

山田の切っ先《きっさき》が浮いた。

「いやあああああ」

七段、鬼神歳三の突きを躱したものはない。

打ち合う響きは二つに分かれた。ひとつは山田の一刀と化して池に。ひとつは山田の悲鳴とともに前方へ。

三メートルも跳びずさってなお、鬼神の刃《やいば》は山田の咽元に据えられていた。

「ま、まいったあ」

身も世もない叫びに、鬼神は刀身を下げた。

──勝った
とは思えなかった。両手は肩まで痺れている。山田の受けの名残だった。その刀身のとぶのがコンマ零一秒遅れていたら、地に落ちていたのは、鬼神の一刀であったろう。

「失礼します」

山田は勢いよく立ち上がって、池の方へ行った。刀身は半ば突き出ている、底の土にでも刺さったに違いない。

山田は難なく引き抜いて、刀身を水中で揺らしてから庭に上がった。

鬼神に一礼し、抜き身を白鞘に戻した。

「面目次第もございません」

目の高さに捧げ持って緒方に渡した。

「良い──二人とも上がれ」

山田は失礼と厠の方へ去り、鬼神ひとりが座敷に戻った。

緒方は芸者たちを帰してから、

「どうだった？」

と訊いた。

笑いを含んでいるようでもあり、真面目なようでもある。

「自分の敗けです」

「ほお」

「あの受けがもう少し強かったら、とんでいたのは自分の剣でした」

「ふむ」

と言ってから、

「受示現《うけじげん》」

「は？」

「示現流なら知っているな？　あれには受けがない。ところが、示現流が完成する遥か前に失われた傍系の流派とやらには受けのある示現流があった。それが――」

「受示現」

鬼神は納得した。あの打撃――示現流ならうなずける。

「あれは二段や三段の実力《うで》ではありません。彼奴《きやつ》――何者です？」

「宮内省に訊いてみるか」

緒方は視線を落とした。

そこへ山田が戻って来た。

「失礼しました。大佐殿の剣があまりに凄くて、つい」

「いい試合であった」

と緒方は破顔し、

「寄れ」

と言った。

二人は〈長門〉艦長の左右についた。

「ここなら却って邪魔もなく、余計な眼と耳を澄ます者もないと思ってな。おかしな知らせが入った。独逸のことだが、亜米利加からだ」

「独逸が我が国に秘密にしていたという意味でしょうか？」

鬼神の問いに、

「デーニッツが消えた」

と緒方は答えた。

「は？」

自分はいま、どんな顔をしているのだろうかと鬼神は考えた。

独逸帝国海軍総司令官である。

「十日前の深夜、キールからUボートに乗り込んだのを亜米利加軍の間諜が目撃して以来、消息を絶っている。任務だとすれば極秘なのだろう。独逸側にあわてている風はない。つまり、総統殿の命によって、だ」

「あの天才軍略家が何処へ？」

「海」

誰かがつぶやいた。顔を上げると山田がいた。

「南緯四七度九分、西経一二六度四三分――独逸海軍の最高司令官があの狭苦しい船に乗り込んで行く海は、他にありません」

驚くべきことに、緒方は肯定した。


「ヒトラー総統の命により、な」

声はひそめられた。

「――独逸は敵に廻るかも知れんな」

「どういうことでしょうか？」

鬼神の声はさらに低い。

「CTHULHUは、その精神波によって、感受性の強い人間を虜にする。〈陀勤秘密教団〉を筆頭に、政治・軍事の中枢にまで入り込んでいる怖れもある」

「中将殿」

「それなりの手は打ってあるが、はたして間に合うかどうか。皇国の興廃は海ではなく陸上の一戦にあるのかも知れん。鬼神よ、新戦艦の建造に、何度妨害工作があったと思っている？」

「初耳です」

「都合十七件だ。実際に被害が出たのは二件。犯人はわかったが、海に飛び込んで逃げられた。まるで蛙のような走り方だったそうだ」

「すると、かなりの数の破壊活動要員《サボタージュ》が、呉の工廠に入り込んでいると？」

「軍では極秘に身辺捜査を徹底した。その結果、三十名近くが連行され、二人が失踪した」

「とりあえず、ということですか」

「新艦建造の現場はな。だが、海軍省や軍令部となると」

「そこまで!?」

「後は情報部の活動を信じるしかあるまい」

重い沈黙が落ちる前に、山田が緒方に、

「伺いたいことがございます」

「聞こう」

そのとき、庭のほうで下駄の足音が幾つも絡み合い、悲鳴のような叫びが上がった。

「何事だ？」

立ち上がって障子に手をかけた鬼神の手を山田が押さえた。

それをふり払って開けた。

料亭の下働きたちが何人も、ズボンの裾を膝までたくしあげて池に入っている。

彼らの向こうに何か白っぽい形が浮いている。

ひとりが布団袋を広げた。

「何をしている？」

とび出そうとする背へ、

「鬼神よ、戻れ」

と緒方の一喝が当たった。

「しかし――あれは？」

「戻れ」

上官の命令は絶対である。鬼神は従った。

ある考えが湧いた。先刻、山田との立ち合いの後で芽生えた疑惑が形を取ったのである。

山田を睨みつけて、

「おまえの剣――どう考えても受けが弱かった。いまだしかと思ったが、あれはわざと――沼の中にいる奴を刺すために放ったのか？　今見た白っぽい蛙のような奴を？」

苦笑が若い顔をかすめた。

「おまえ――刀を抜いたとき、水の中で動かしたな。あれは血を洗い流すためか？　だが血の色はしていなかったから、おれも騙された。あいつの血は、どんな色をしていたんだ？」

「間諜が溺れたのだ、鬼神」

緒方が諭すように言った。

「いつどうやって忍びこんだのかは知らんが、池の中を選ぶとは奇抜な奴だ。もう忘れろ。あいつの仲間に会いたければ、いずれ幾らでも機会はある。それよりも山田よ、訊きたいこととは何だ？」

「新造艦の件です。何か突拍子もない仕掛けが施される予定だとか。間諜はそれを探りに来ているのではありませんか？」

「どんな仕掛けだ？」

「存じませんが、しかし新造艦のみならず古今の艦船の存在を根本的に覆すようなものだとか――艦長ならご存じかと」

「知らぬな」

緒方は盃に残っていた酒を空けた。

「設計技師のひとりは、中将殿の幼馴染と伺っております。何か聞いてはおられませんか？」

「自分の知己が新造艦の図面を引いたとして、何か特別なことが出来ると思うのかね？　あの艦が何のためにあれほどの機密保持を課せられていると思う？　設計図一枚が完成するまで何度検討を重ね、どれ程の人の眼を経たと思う？　戦艦というものが平和時はともかく、ひとたび戦場で主砲を放ったとき、どれほど脆弱な代物に変わるか、おまえは知らぬな。ドカン。一発射つたびに艦がねじ曲がり、二つに裂けてしまうのではないかと、乗組員はいつも怯えておる。これが戦艦というものだ。仕掛けなどとてもとてもとても」

緒方は海軍省の中でも、権謀術数《けんぼうじゅっすう》を厭わぬくせに誠実な人物と見られていた。鬼神にも異議はない。

ここが潮だなと思ったとき、

「もひとつ伺いたいことが」

山田侍従がこう切り出したのだ。

緒方の表情がギリリと硬質化した。

# 第七章　守護神

## 1

「結局、はぐらかされましたねえ」

山田侍従は、こう言って首の後ろを叩いた。神楽坂の次は杉並にある鬼神の家だった。その前のコップにビールを注いで、

「やむを得ん。いくら連合艦隊旗艦の艦長といえど、スマトラかマニラに秘密の軍事基地を建造中かなどと言い出されては、知らぬという他はあるまい」

鬼神は下唇を突き出した。

その名のとおり苛烈この上ない軍人の愛敬に、山田は腹を抱えて笑った。

「何がおかしい？」

「いえ」

無表情に戻った。

「しかし、十分に可能性はあると思いますが。敵がこれほどまでに我が軍の内部に潜入しているとなると。軍だとて愚か者の集まりではありません——失礼——何かしら手は打つはずです」

「しかし、軍事基地建設となれば、莫迦げているとしか言いようのない費用と資材と人数が必要となる。それよりも、極秘で建設するなど不可能に決まっている。やはり単なる噂だな」

「しかし、あんまり突拍子もない噂って、何処かに真実が隠れているものですよ。その軍事基地で

すが、飛行機の製造工場から飛行場までである——何処か本当のような気がしませんか？」

鬼神は黙って自分のビールを干した。

「ま、ヒトラーがCTHULHUと手を結ぶためにデーニッツ提督を使者として送り出したなどというのも同じ伝だがな」

「本当だとしたら、どうします、それ？」

山田はグラスを眼の高さに上げていた。白い泡沫の息づく黄金《こがね》色の向こうで、その顔は妙に歪んで見えた。

「ナチがCTHULHUと手を組み、世界征服などを目論んだりしたら？」

「討つ」

ようやく、はっきり物が言えたと思った。

「かつての同盟国だろうと、皇国に仇なす者は大義の剣《つるぎ》を持って討つ。これが自分たちの使命だ。江田寮（海軍兵学校の略称）の門をくぐったときから、そう胸に灼きつけて来た」

「ご立派です」

「本気で言っているか？」

「はい。どうして？」

「おまえは風のようだ。自分たちの皮膚にも感じられないくらいそよ吹いているかと思えば、突如、百本も根こそぎ倒すくらいの大風となって荒れ狂う。それが過ぎると、婦女子の襟もとに心地よい微風《びふう》となって遠ざかる」

「これは驚きました。鬼神とは詩人の言い違いではありませんか？」

「得体の知れん男だということだ。どうにも捉えどころのない——中野の出か？」

中野の出——中野学校の出身かと訊いたのである。スパイ養成所だ。

「ご冗談を。なぜ間諜が連合艦隊の旗艦に？」

「自分にもわからん。だが、ご時勢だ。何が起きても驚かんよ」

「軍人としての筋を通していらっしゃるからですか？」

「そうだ」

鬼神はうなずいた。この男にふわしい動作だった。

「——と、普通なら言う。だが、おまえの前ならよかろう。おれにも自信がない」

「はあ」

「祖父も親父も骨の髄まで軍人だった。おれもそうなるよう教育され、彼らを満足させた——と思う。だが、それは演技だったような気もする。おれにとって、優等生でいることは不快でも難しくもなかった。それでいて、別のおれがいつも自分を苦々しい眼で見つめているような気がしてならなかった」

「連合艦隊旗艦〈長門〉副艦長、鬼神歳三——見事な軍人です」

鬼神が苦笑したとき、乙美が新しいビールを運んで来た。

すでに二人を出迎えている。夜分に申し訳ありませんと、山田が挨拶している。時刻は零時に近い。

栓を抜いて、山田に瓶を向けた。

「失礼をお許し願えますか？」

「いいとも」

「お美しい。かような美女は初見です」

夫婦はうすく笑った、

「ほお、顔が赤い。君のお世辞に参っておるぞ」

「お世辞など申し上げておりません」

「――だそうだ。乙美、よかったな」

薄紅を貼りつけたまま若妻が去ると、

「いや、誠に華麗で可憐な花のごとし」

「あれで口がきけたらな」

「……」

「――と昔は思っていた。だが、いまはああでなくてはならんと思う」

「それは？」

「言葉が出ないゆえに、あれは本当のことが言える。軍人・鬼神歳三の妻ではなく国民・鬼神歳三の妻としてな。自分が戦地に赴くとき、あの眼を見るとわかる。我が妻は皇国の戦いを好んではおらんとな」

「……」

「この上、CTHULHUとの戦いも、となれば、あの眼差しは一層、自分の胸にその思いを伝えてくるだろう。軍人・鬼神歳三としては辛いところだ」

「……」

「明日の朝、眼を醒ましたら、おれは鬼に戻っているぞ」

山田は眼を伏せた。

「そうだ――面白いものを見せてやろう」

鬼神は立ち上がると、作りつけのマントル・ピースのところへ行って、その上に乗せた木箱の中から銀色の球《ボール》を取り出した。

放られて受け取り、山田はしげしげと眺めた。

直径二寸(約六センチ)もないのに、ひどく重い。細い針金でぐるぐる巻いてある。

「何ですか?」

と訊いた。

「自分が海軍兵学校へ入学するとき、友人が餞別にとくれた品だ。器用な奴で、小学校のとき、いつの間にかひとりで材料を集めて鉱石ラジオを組立てたりしていた。それでいて草だの魚だの見るのが好きでな。トンボだの川魚だのを一日中眺めていたものさ。器用で奇妙ってとこか」

山田の手から球を取り上げて、

「これをくれたときも、一生使わなきゃその方がいい。もし生命に関わるような場面に出食わしたら、身を伏せて危害を加えようとする相手の足下に叩きつけろと言われた」

「へえ。守り神ですね。しかし、足下へ、というのが面白い」

二人は居間の戸口の方を向いた。電話が鳴っている。

鬼神が取った。耳に当ててすぐ、妙な表情になった。

「切れたか」

鬼神は首を傾げただけだが、山田は大股に近づいて、受話器を耳に当て、ダイヤルを廻した。

「線が切れています」

「なに?」

立ち上がる鬼神に、

「他に人は?」

「女中と下男がひとりずつだ。二人とも実家に帰っている」

「武器はありますか？」

「猟銃が二挺と拳銃——後は刀だ」

「用意して下さい。出口は玄関と勝手口だけですか？」

「いや、別に裏口がある」

「奥さんとそこへ」

居間の西にガラス張りの銃架がある。

「開けて下さい。いや、鍵を貸して、あなたは奥さんを外へ」

鬼神は銃架に近づき爪先立ちになっててっぺんを探ると、小さな鍵を山田に放った。身長一九〇を超す大男が爪先立ちで手探りする品となると、並みの身長の者ではまず見つかるまい。単純だが、確実な隠し場所だ。しかも、鍵と一緒にブローニング一九一〇自動拳銃《オート》までついて来た。

遊底《スライド》はすでに引いてある。引金《トリガー》を引けば、ドン、だ。この家の主人は、名前倒れではないのだ。

拳銃片手に鬼神が出て行くと、山田は銃架のガラス戸を開いて二挺の猟銃と弾箱を引っぱり出した。縦二連と横二連の散弾銃である。四発で弾丸《たま》切れだ。赤い散弾を取り出して振った。感じでわかる。九粒弾《きゅうりゅうだん》だ。外国ではダブルオー・バック。直径八ミリほどの散弾が一度に九発、標的を襲う。外国の銃器店《ガン・ショップ》で注文すると、壁でも壊すのかと言われるパワー・ホルダーだ。

「いいご趣味ですな」

弾丸をつめ終わったとき、夫婦が戻って来た。

「裏口は駄目でしたか？」

鬼神がうなずいた。

乙美を戸口に立たせて鬼神ひとりが近づいて

来た。銃の威力を心得ている証拠だ。

「一挺どうぞ」

と横二連を渡し、山田は一緒に取り出した南部十四年式に、やはり紙箱入りの八ミリ弾を装填しはじめた。こちらは薬室も空っぽ。弾倉も入っていない上、空だ。

弾倉への装填ぶりを見て、鬼神が感心した。

「おれでもそうはいかん。おまえ、やはり軍人だな」

「実は中野で」

「やっぱりな」

「冗談ですよ。趣味が射撃なだけです。それより、すぐ使えるブローニングとどうでもいい南部式。この差は何故ですか？」

「使った結果だ。南部式は弾詰まりが多い」

「信頼性の問題ですか。実戦第一――いいご判断です」

七発装填した弾倉を銃把《グリップ》に差し込み、遊底を引いてベルトにはさむと、山田は散弾と八ミリ弾をひとつかみポケットにつめて窓の方へ行った。

「何をする？」

と訊いたとき、
乙美が壁を叩いた。

玄関の方を指さしせわしなく動かす。手話だ。

「入って来たらしい」

鬼神が猟銃を構えた。

「遅かったか。裏口へ行けますか？」

「大丈夫だ」

「急いで」

「君はどうする？」

「隣の家のガラス窓に一発射ち込んでみます」

「何をするつもりだ？」

鬼神は眼を剥いた。軍事戦略なら余人に譲るところではないが、一般レベルの戦いとなると、応用が利かない。

「強盗が怖れるのは、被害者より周りです。お二人は早く裏口へ」

呆然と立つ鬼神の前で、山田は散弾銃を肩付けして窓の方へ向けた。

「やめろ！」

山田の動きが止まった。同時に勢いよく左へスウィングした。

乙美が息を呑んだ。

熊も斃す大型銃の轟きが悲鳴の代わりだった。

## 2

戸口で人影がのけぞった。直撃弾を食らった頭部は熟柿《じゅくし》のごとくとび散っている。

なおも、立ちっ放しの首なしを押しのけて、戸口から新しい人影がこぼれた。

「乙美！」

駆け寄る鬼神の背後で、もう一度雷《いかずち》が轟いた。

三つの影が廊下の壁に叩きつけられた。

「扉を締めて！」

山田が叫んだ。さらに多くの影が室内に溢れた。

今度は鬼神の連射が四、五人を薙ぎ倒したが、侵入は止まらなかった。

影たちは死を厭わないのであった。

ああ、その辺の衣料品店で買った上衣を着て、シャツを着て、ズボンをはいて、散弾を浴びたシャツは炎を上げ、顔の半分は消しとんでも、ふらふらと近づいて来る者たち。

魚のように鼻先と口とが突き出た顔、鮫のようにざらついた肌、酸素不足なのか、せわしなく開閉をくり返す咽もとの鰓、何よりも目立つのは、大きな口の中にきらめく三角形の鋭い牙だ。

その隣に、映画や歌舞伎の幽霊のごとく、両手を胸前に持ち上げているのは、もはや蛙としか見えぬ生きものだ。

「ソファの向こうへ入れ！」

鬼神が指さし、乙美をそこへ突きとばした。山田が後に続いた。

自分も走り出そうとした鬼神の頭上へ、縞模様の背広をつけた蛙人間がとんだ。

空中でそいつは続けざまに身をよじり、青黒い血をとばしながら床へ落ちた。

ソファの向こうで怪跳躍を食い止めた南部十四式を構え、仁王立ちになっているのは乙美であった。

ひったくられた山田は呆然としている。

怪物どももさすがに止まったが、すぐに前進を開始した。

「くらえ」

鬼神がブローニングの引き金を引いた。

内部撃針《ストライカー》が弾丸の尻《プライマー》を叩いて——発射しなかった。作動不良か弾丸のせいかはわからない。

もう二匹宙をとんで来た奴を、雷鳴が吹きとばした。

すぐに銃身を折って空薬莢を抜き出しながら、夫のブローニングと妻の南部式を見比べて、

「上手く行きませんね」

と山田は鬼神を見た。

鬼神は何も言わなかった。

その肩を乙美がゆすって前方を指さした。

二十を超す魚と蛙のなりそこないどもが、ぞろぞろとやってくる。

顔には恐怖の波が打ち寄せていた。

「やっぱり、隣を」

と窓へ銃口を向ける山田へ、

「もう遅い、伏せろ」

叫んで鬼神は右手をふり上げた。

魚人どもがまた足を止めた。すでに居間の半分以上は、彼らが埋めていた。


「手榴弾カ……面白イモノヲ持ッテイルナ」

魚みたいな一人が声を出した。明らかに笑い声であった。

「ダガ、ソレデハ我々ハ斃セナイ。四、五人手ヤ足ヲ吹キトバスダケダ。我々ハソレデモ生キツヅケル」

「お前たちは何者だ？」

「オマエモ知ッテイル者ダ」

「何故、ここへ来た？」

「勘違イスルナ」

魚の声は言った。

「オマエニ用ハ無イ。我々ガ欲シイノハ、ソノ男ダ」

鱗だらけの手が上がり、鉤爪のついた指が山田を示した。指の間には薄い膜が張られていた。

「おい、責任を取れよ」

と鬼神は隣へ声をかけた。

「誘ったのは大佐殿であります」

「おまえは何者だ？」

不意に影たちが走った。

「伏せろ！」

もう一度叫んで、鬼神は手にした品を奴らの真ん中へ叩きつけるや、思いきり身を沈めた。

金物同士の触れ合う音が幾つかしたが、それだけだった。代わりの音は奇怪な悲鳴だった。ぎええと地を這い、ゲロロと宙を躍る。魚と人間《ひと》と蛙の入り混じった悲鳴。何があいつらに、そんな苦痛を与えたのか。ソファの陰の三人の頭上に、青黒い血の霧が跳梁した。

近づく足音もなく、地を這う苦鳴もわずかになったとき、まず山田が、続いて鬼神が、ソファの横から顔を出した。

どちらも声を出さなかった。見開いた眼と表情とが、驚きの声を上げていた。

床も天井も壁も、あらゆる調度も青黒い血にまみれていた。一人、いや、一匹残らず床の上でのたうちつつ、なおも汚れた血を撒き散らし続けている。理由はひと目でわかった。首が無い、手が無い、足が無い、それだけならいっそすっきりする。だが、大半は全身のあちこちを中途半端に、それも死んだ方ましだというくらいに、ぱっくりと裂かれ、呪われた唇から心臓の鼓動に合わせて吐血をくり返す。身動きひとつしない奴もいる。動くと痛むのだ。

「こいつは――一体なにごとだ？」

鬼神が下手人たることも忘れてつぶやいた。

「あの——守り神のせいですね。あ、奥さま、見てはなりません」

山田はソファを廻って、すぐ近くで痙攣《けいれん》中の半魚人のかたわらに身を屈めた。

苦しげに、それでも憎悪の表情で摑みかかって来た手を弾きとばして、ちぎれかかった頭部を見つめ、

「これか」

傷口に指をのばすと、何かつまんで勢いよく引っ張り出した。怪物が痙攣して動かなくなるのも気にせず、いま抜き取ったものをじっと見つめた。

「針金か?」

後ろから鬼神が覗きこんだ。山田の指がつまんでいるものは、長さ三〇センチばかりの、確かにそうとしか見えないものであった。

「ただの鉄ではないようです。手榴弾なら、爆発して中身がとび散ります。しかし、これほどのダメージは与えられません。あの辺は首も胸も二つになっています。火薬の力を使っていない以上、後は圧縮空気ですが、そんな音もしなかった。この針金自身が自力でとび散って、こいつらを切り刻んだとしか思えません。何で出来ているのか——おかげで生命拾いをいたしました。大佐殿、これはもの凄い守り神ですよ」

「すぐ、専門家に分析させよう。しかし……あいつめ、いつこんなものを……」

銃声が轟いた。

戸口だ。茶の上衣を着た蛙人間がよろめきつつ、

廊下の方へ向き直った。

　その後頭部が脳漿をとび散らせ、そいつは仰向けに倒れた。

　足音が飛び込んで来た。ライフルを手にした若い男だった。後から警官隊が加わった。

　居間の様子をひと目見て、

「こりゃ凄え」

　と呻いた。警官たちも立ちすくんでいたが、すぐ気を取り直して、誰かが死体収容のトラックを要請しろ、と命じ、ひとりが駆け出していった。

「妻を外へ。隣にもうひとつ居間がある」

　鬼神の指示が実行されると、若いライフルマンは三人の前へ来て背すじをのばした見事な敬礼を行った。

「警保局保安課の南月刑事であります。電話をかけても不通のため、異常ありと判断し、急行いたしました」

「ご苦労だった」

　と鬼神は敬礼を返して、若い男をじっと見た。

「電話が通じないだけで、これだけの人数が来るとは思えん。それに、君はこいつらを見ても動じなかった。遭遇したことがあるのかね？」

「はい、一昨日、青森の海岸で。こいつらの元締めが、そちらの山田侍従を狙っているとの言を耳にして、行方を捜しておりました」

　ようやく山田に向けた眼は、しかし、間に合ったという喜びもない不可思議な眼差しをしていた。

　山田は無表情である。凄惨な現場などどこ吹く風という雰囲気だ。

「やっぱり、おまえが元凶か」

鬼神が冷たく山田を見据えた。

「誤解であります。自分は何も――」

「もういい。正体とやらも詮索はすまい。ただし、二度と招待はせんぞ」

「は。当然であります。誠に失礼をいたしました」

山田が挨拶を終えると、南月と一緒に来た警官が入って来て、

「あの化物どもの傷、凄まじいもんですね。まるで名人に斬られたみたいに肉も骨もつるつるだ。鬼神大佐がおやりになったのですか？」

「いや――ちょっとした仕掛けです」

「それにしても凄い。さすが海軍の大物ともなると、秘密兵器ともいうべきものをお持ちだ。いや、恐れ入りました。我々警察にも欲しいくらいですな」

お疲れでしょうから、事情は明日にお伺いしますというのを、いや、自分には話すことがない、それよりも山田と二人きりで話したいと申し出た。

警官は渋面をこしらえた。鬼神と山田が何やら口裏合わせをするのではないかと邪推したのである。しかし、何といっても、相手は軍の大物だ。巻き添えを食った夫人ともども命の危険に見舞われた以上、その要求をはねつけることは出来なかった。こんがらがれば、軍と警察間の大トラブルにも発展しかねない。

「承知いたしました」

警官は出て行った。入れ替わりに南月がやって来た。

「私もお話に加えていただけませんか？」

断ろうとする鬼神へ、山田が、

「いいじゃありませんか」

と口添えをした。

「――しかし」

「あいつらと戦って、無事ここへ来れた男ですよ。少なくとも話を聞くだけの価値はあると思います」

鬼神は折れた。

それから夜明けまで三人は秘密警察の眼を逃れる猶太人《ユダヤ》のようにひそやかに話し合った。光は満ちていたが、そのほとんどが月光のような気がした。

「まさか、この国にも、そんな村があるとはな」

軍人たる鬼神には想像もつかない浸食であったろう。

「君の派遣された状況を考えると、警保局の上層部は、CTHULHU についてもっと多くの事実を摑んでいることになるな」

じろりと山田を見て、

「軍の方も、な。自分は海軍省だが、軍令部はどうなのだ？」

「自分は宮内省の人間でして――、というしかございません」

相も変わらず飄々《ひょうひょう》とした山田へ、南月が、

「とぼけるなと言っても無駄でしょうが、奴らの狙いはあなたです。腹を割って話しませんか」

「と言われましても」

穏やかな表情は鉄で出来ていた。南月が口をつぐむとすぐ、

「それよりも、今の話で気になることが二つあり

ます。これは出口王仁三郎氏に伺う方がよろしいのでしょうが、彼にあなたを見張れと命じた、プロヴィデンス出身とやらの人物です。お心当たりはありませんか？」

南月はややうろたえた。尋問はするのが仕事だったからだ。

「ない」

「――では、阿蘭陀人の船長とやらは？」

「それこそわからん。私の家系に異人とのつながりなどありゃしません。ただ、あの女の口調では、彼らの敵と判断して差し支えないでしょう」

山田はうすく笑った。

「すると、得体の知れない存在にも、得体の知れない敵がいるということになりますな。ふむ、神の配慮でしょうか」

「その出口某《なにがし》なら、〈艮《うしとら》の金神《こんじん》〉というだろう」

鬼神が重々しく言った。

「だが、今夜の襲撃者どもは、神の力で何とかなるほど甘っちょろい連中ではないぞ。明らかに、この世界の物理法則内にありながら、それを超越した連中だ。しかも、その親玉という奴は遥か海底にいるときた。その目的が何にせよ、我々人間世界に侵入し、その眷族どもを生み落とすのみか、行政、軍事、経済の中枢にまで傀儡《かいらい》を送り込んでいるとなれば、最早看過は出来ん。幸いその親玉の潜んでいる地点は判明している。世界の海軍の総力をもって当たれば、討てぬ敵ではあるまい」

「しかし、六六六七尋（約一万二〇〇〇メートル）の海底に潜む敵に、どうやって攻撃を？」

南月が正直に疑問を呈した。

「その辺は、世界の軍部が知恵を出し合っているだろう。いまは戦時中だ。交戦を中止し、新たな敵に向かえば、これも新たな矛は必ず創りだせる」

ふと、ヒトラーの名前が浮かんだ。そして、忽然と消えたデーニッツ。彼らはその矛のために消えたのか？　鬼神の知るヒトラー像は否と唱える。彼らの矛は別の目的のために打たれるのだ。

「しかし、世界は一丸となれるでしょうか？」

落ち着いた声が、鬼神を現実に戻した。

また山田か。痛いところを衝いて来る。

南月には、独逸の怪事を打ち明けてはいなかった。

しかし、独逸が裏切らなくても、戦闘中の人間が昨日の敵は今日の友とはいかない。国と国なら可能だろう。政治が強制するからだ。だが、射ち射たれ殺し殺される兵士は決して納得しない。平和を望みながら、自分を射ち友を殺した敵を決して許さない。戦争は終わっても、戦いは終わらないのだ。

「なれるとも」

鬼神は断言した。我ながら自信のない物言いだった。なれるかも知れない。共通の敵がいる間は。だが、それがなくなったら？　それどころか、こちらが消えて無くなったら？

多くの謎よりも、鬼神の胸を暗く染めているのはこの思考であった。

# 3

闇が空と海の区別を奪うには一時間と少しあった。

二トンに満たぬその漁船の船長と息子は、南緯四七度九分、西経一二六度四三分の位置に自分たちがいることも知らず網を投げていたが、四〇〇メートルほど離れた海面が急に泡立ちはじめた。その時間からして途方もない量の気泡が親子の前で弾け、激しく小舟をゆらした。

先に気づいたのは息子だった。

「父さん――あれは!?」

父親がすぐその指先へ焦点を合わせたとき、そこに水中から船首と二連装二基の前部主砲及び艦橋の一部が姿を現しつつあった。

水を突き破り、降りそそぐ海水の雨の中に全貌をさらしたら、まだ見る者は救われたであろう。だが、それは禁じられた復活を恥じる死者のごとく、ひっそりと水をのけて出現したのである。

それにもかかわらず、戦時の只中に生きる父と子は見惚れた。

押し寄せる波に転々とする小舟の上に立ち尽くす二人の前に浮かんだ巨船は、間違いなく戦艦であった。

その艦、基準排水量四万一七〇〇トン、全長二五一メートル、三八センチ主砲、二連装前方二基、後方二基。一五センチ副砲二連装右側舷三基、左側舷三基、一〇・五センチ高角砲二連装八基、三七ミリ機関砲八基、二〇ミリ機関砲四連装二基、同

「ビスマルク」 Bundesarchiv, Bild 193-04-1-26 / CC-BY-SA

口径単装一二基。ワーグナー式高圧重油専焼缶一二基、ブラウン・ボベリ式ギヤードタービン三基、公式最大速力三〇・八ノット。

船名「ビスマルク」

小舟はなおも揺れた。父子は生ける亡者であった。

最初の船の向こうに続けざまに数隻の艦影が浮上したのである。

その艦、常備排水量、四万一一二五トン、全長二六二・三メートル、三八センチ主砲連装四基、一〇・二センチ単装高角砲四基、四〇ミリポンポン砲八連装三基、一二・七ミリ四連装機銃四基、一七・八センチロケット砲弾二〇連装発射機五基、五三・三センチ水上魚雷発射管四基、ヤーロー式

「フッド」

重油専焼三胴型水管缶二四基、ブラウン・カーチス式ギヤードタービン四基、最大速力三二・〇七ノット。
船名「フッド」

その艦、基準排水量三万六七二二トン、全長二二七・一メートル、最大速力二七・五ノット、三五・六センチ砲四連装二基、同連装一基、一三・三センチの両用砲連装八基、四〇ミリポンポン砲八連装四基、海軍式三胴型重油専焼水管缶八基、パーソンズ式オール・ギヤードタービン四基。
船名「キング・ジョージ五世」、及び「プリンス・オブ・ウェールズ」

その艦、空母にして基準排水量二万二〇〇〇ト

「プリンス・オブ・ウェールズ」

「アーク・ロイヤル」

ン、全長二四三・八三メートル、飛行甲板長同じ、最大速力三一ノット、搭載機数六〇機、アドミラリティ式三胴型重油専焼缶六基、パーソンズ式オール・ギヤードタービン三基。

船名「アーク・ロイヤル」

交戦国ドイツとイギリスの艦船が同じ海に舳先を並べている理由を、小舟の親子が知るはずもない。

彼らに理解できるのは、ただひとつ——この船はおかしい。

船体には甲板から艦橋に到るまでフジツボと海藻、赤錆が密集し、砲塔から流出する水には小魚が跳ねている。

それなのに、甲板にも艦橋にも人らしい姿が見える。みな影のようにおぼろだ。

「父さ—」

呼ばれた男は少年の眼と口を両手で覆った。

「見ちゃいかん。幽霊か——夢だ。どっちも同じかも知れんが」

少年は違うと思った。幽霊が夢が水をしたたらせるものか。波を起こすものか。ほら、こんなに揺れてら。

長い時間《とき》がたってから、父は少年を解放した。

「あ。いない」

「行っちまったよ」

光の残る海原を、父は生まれてはじめて恐ろしいもののように眺めた。

「どっちへ?」

「北だ」

「また、別の戦争だね」

「そうだな。またたくさん人が死ぬ」

「人殺しのために軍艦てあるのかな？」

「さて、な。今日はこれくらいにしよう」

父親はエンジンをかけた。

程なく、小舟がオークランド島の方へその姿を消すと、後には凪ぎの海だけが残された。

もしも、海も夢を見るのなら、その深奥に眠る魔物も、フジツボだらけの艦隊も、それではないかと思われた。


昨日に引き続いてそのＳＳの将校をひと目みた瞬間、メッサーシュミット社社長にして設計技師、ウィリー・メッサーシュミットは、言葉に尽くし難い不快感に捉われた。

眼球が異様に大きく、頬は思い切りこけて、その分ひどく突き出しているように見える。こんなに極端な鮫肌もあるまい。

——本当にヒトラー親衛隊《ＳＳ》の将校なのか？

総統《ヒトラー》からの委任状は本物だと思うが、こんな不気味な面構えの奴を側近に用いるとは、ドイツも長くないかも知れんな。

何よりも、陽が暮れてから訪問の電話をかけてくるなど、言語道断だ。しかも、昨日、私から借り出した設計図の成果を、これから見せてやろうなどと。

「夕食前におしかけて、まさか本当にＭｅ２６２の試験飛行をやるというんじゃあるまいな」

怒りを押し殺したメッサーシュミットへ、奇怪

な面相の将校は、

「設計図は感謝する。貴君の設計したＭｅ２６２は必ずや祖国の栄光と勝利に寄与するであろう。この厚意に報いるために、紙上ではないＭｅ２６２をドイツ国民の誰よりも先にご覧に入れるものである——以上、総統からのご伝言であります」

「紙上ではないＭｅ２６２？　おい、設計図を手渡したのは昨日だぞ。君は本当にＳＳか？」

「お確かめになりますか？」

「いや、いい。敵の間諜なら、よりによってこんな莫迦な物語をでっち上げたりはすまい。で、何処でそれを見せてくれる？」

「キールの港までご足労下さい」

「なんと？」


ベルリンのこの家からキールまで二九五キロ。車《ベンツ》をとばせば四、五時間だが、航空と軍港とが何処で結びつく？

「近くに軍用機を待たせてあります。そこまで行く方が、キールへ着くまでよりも、時間がかかります」

「飛行機で？　これから何が起きるのだ？」

怒りに捉われたメッサーシュミットは、将校の言葉の驚くべき意味を理解できなかった。

「ヘル・メッサーシュミット——これは総統のご厚意ですぞ」

半分魚みたいなＳＳの声に怒りの響きを感じ取り、ようやくメッサーシュミットは、ここは大人しくしていようと決めた。ユダヤ系でナチ党の覚えが良くないライバルのエルンスト・ハインケルのせいで、ハインケル社がいかに冷遇されているかは誰もが知るところだ。

「では──済まんが、お国のためだ。出掛けてくる。夕食は先に──」

不安そうな妻と子供たちにこう言いかけたとき、

「一時間ほどお待ち下さい」

と将校が恭《うやうや》しく言った。

車寄せに、SSと大書きされた黒いリムジンが止まっていた。すぐ後ろにMG42二連装汎用機関銃を装備した軍用ジープがつけている。開いた後部ドアの脇に運転手が立って、メッサーシュミットが近づくと恭しく一礼して横にのいた。

車は高速で二十分ほど走って止まった。

小さなビル一軒ほどの空き地である。兵士が二人いた。その背後にそびえる影を見て、ドイツ航空産業の最高峰は眼を剥いた。

複座のレシプロ機は、尖った機首を天に向けているではないか。

「垂直離着陸機か──軍はいつこんなものを開発した？　しかも──」

私に断りもなく、という言葉をメッサーシュミットは何とか呑みこんだ。

「軍にも空を飛ぶのが趣味の者たちがおりましてな」

将校は笑顔になった──ようである。

「エンジンにも工夫がしてあるそうで、戦闘機なみのスピードが出るとやら。お乗り下さい。スープがさめないうちにお帰しいたします。それでは良い旅を」

笑いは深くなった。メッサーシュミットの眼がかがやき出したのを見たのである。それは新たな鉱脈を見つけた山師にも似た、津々たる興奮と関心が溢れる眼であった。

　二十分とかからず、機はキールの上空にさしかかっていた。

　じきに闇がふさぐ眼下には光の交響が音もなく広がっていた。連合軍のドイツ爆撃は先のことである。

　市街を越えて沖へ出ると、それまで無言の行を続けていたパイロットが、

「下をご覧下さい」

　と告げた。

　洋々たる海原の広がりの上には、小船の影もない。

「旋回に入ります。眼を離さずに」

　パイロットは左手のタイマーを見つめた。

「――十――九――八――」

「おい、訊こう訊こうと思っていたが、まさか水中からあれが出て来るというんじゃあるまいな？」

「――五――四――三――よろしく」

　二――一、とメッサーシュミットが胸の中で唱え終わった刹那、眼下の一点が急に盛り上がった。

　噴き上がった形が風防の彼方を上昇して行くまで二秒とかからなかった。

「あれは？」

　こういう場合、どんな人間でも他人《ひと》と同じ平凡で詰まらない――同じ言葉を口にするだろう。

「まさか……　あれは……」

ウィリー・メッサーシュミット――ドイツを支えた天才の人生はここで終わった。

やって来たのと同じ時間をかけてベルリンの食卓に戻った彼は、以後二度と会社と軍部へ出頭することはなく、三角定規とコンパスを手にすることもなかった。

その晩食事を摂る間、

「設計図を渡したのは昨日だぞ」

と繰り返し、

「水の中で組み立て、水の中で試験飛行をしたのか？　私のは空しか飛べん。あれを作って水中から飛ばしたのは誰だ？

私の周りを三度旋回し、ふたたび水中へ消えたのは何だ？　あれは――あれは――あれは――？」

家族は軍部へ連絡し、メッサーシュミットは人知れず、ドイツ一有能な精神科医の一団に預けられた。翌日から出勤した見たこともない男を、メッサーシュミット社の幹部も一般社員も社長として扱い、誰ひとり文句を言わなかった。

# 第八章　怪事譜

## 1

久しぶりの休暇にも、ドワイト氏の胸は喜びのタンゴを踊ろうとはしなかった。

アビリーンの駅を出ると、すでに日は彼に恨みでもあるかのように暮れていた。ぷん、と獣の匂いが鼻を打つ。西部開拓時代以来の家畜の集散地として栄えたカンザスの町は、今でもその機能を失っていない。

ここからバスに乗れば十五分で着くが、ドワイト氏は歩く方を選んだ。車両による移動は足腰の脆弱化を進める罪悪だ——。根っからの軍人なのである。

荷物も大したことはないし、まだ二十八歳だ。

駅近くの住宅街を抜けて西へ向かうと国道へ出た。

北へ四十分ほど歩いた森の中の住宅地が、彼の実家だった。

五分歩いたところで、四台のトラックが追い抜いていった。国道だけに百メートル置きに街灯が点いている。トラックの影とナンバープレートも、はっきりと読み取れた。

最後の一台のエンジン音が奇妙な尾を引いた。

違う。上だ。ドワイト氏は頭上をふり仰いだ。

視界の隅に小さく炎のようなものが見えたが、すぐに消えた。

「——飛行機？　まさかな」

だとしたら事故機だが、そんな風もない。

さらに歩き続け、右方に立て札が何本も見えて来た。

「ニクソン家まで百歩」

「ガーフィールド家へはこの先を右折」

「マッキンレー家は引っ越しました」

etc　etc
十年前に自分が描いた物もあった。

ドワイト氏は錫製のそれを愛しげに弾いた。

硬い響きが夜を渡った。ドワイト氏の表情がこわばったのは、そのせいではなかった。

錫のたてる音ではなかった。錫の声であった。

テケリ・リ
かたわらをトラックが通りすぎていった。


「止まれ！」

叫んだのに理由はなかった。頭の中で、今の音が鳴っていた。

トラックの尾灯が遠去かっていく。

不意に前方の街灯が一斉に消滅した。

突如生じた闇に呑みこまれ——かけて赤いかがやきは止まった。

何かにぶつかったのだ。時速六〇キロで走るトラックを音ひとつ立てずに受け止めたものに。

警笛《クラクション》が鳴り響いた。ドワイト氏は立ちすくんだ。いつもの彼なら事故現場へ走り出す。警笛は途切れなかった。運転手《ドライバー》はステアリング・ホイールにもたれかかったまま死んだか失神しているのだ。

後者だった。

十二歩目で悲鳴が上がった。

「助けてくれ」

声は長く尾を引いた。ふた声めは必要ないと当人にわかったのだ。

無理矢理口をふさがれたように途切れた。

ドワイト氏は目を見張った。飛《フライ》んで逃げたくなったが、身体は石と化している。

巨大なものが道路をふさいでいた。トラックはそれにぶつかり、失神していた運転手は不幸なことに覚醒してしまった。そして――

トラックの尾光はなお点っていた。

だしぬけに消えた。何かがのしかかったのだ。

音ひとつせずにトラックを呑みこんだそいつは、大きく前に出た。呑みこまれる寸前、左右の街灯が、そいつの一部を照らし出した。生ぬるく光る半透明の塊だ。高さは五メートルを超す。

「な、なんだ？」

ドワイト氏の率直な問いに、相手はこう答えた。

テケリ・リ

いきなり突進して来た。

咆哮を放ってドワイト氏は逃亡に移った。

足がもつれて転がった。

ふり向いた。

そいつは三〇メートルばかり向こうに迫っていた。闇色に塗られたゼリーの塊。

おまえは何者だ？　何故おれを狙う！

トラックみたいにおれを呑むつもりか！

眼の前に毒々しい赤い花が咲いた。軍人なら間違えようもないナパームの炎だ。突如この世に出現した化物は、同じく忽然として炎の中に消えていく。

テケリ・リ　テケリ・リ

呪詛か苦鳴か。それは業火の中に溶けていった。

ドワイト氏は頭上を見上げた。上空からテケリ・リ野郎に吸い込まれるナパーム弾を見たのである。

だが、束の間降臨した救いの神の姿は何処にも見えなかった。

「ほうほう。未来の大統領どのが、得体の知れん事態に巻き込まれたらしいぜ」

皮肉たっぷりの台詞を楽しげにふり撒く少尉の手から、いきなり「ワシントン・ポスト」が上昇していった。

「何しやがる?」

と立ち上がった少尉の眼は、本能的に相手の襟章と顔に焦点を合わせ、たちまち大人しくなった。

「深夜のカンザスの国道にナパーム弾?　しかも、目撃者はマーシャル将軍の首席補佐官殿、か。何か釈然とせんな」

「どういうこってす、中尉殿?」

新聞の持ち主がテーブルにブーツの踵を叩きつけて抗議の意を表した。

「やめろ、ヴィスコ」

同じテーブルでコーヒーやらサンドイッチやらを愉しんでいた飛行服たちが声を荒らげた。

ここは士官用の食堂であった。

ヴィスコと呼ばれた少尉は、抗議団体に親指で喉を掻き切る仕草を示してから、〝中尉殿〟を見つめた。

「ナパームと田舎へ帰省中の人物――隔たることと月程の距離があるが、陸軍の『将軍参謀学校』を首席で出た少佐殿となれば、話は別だ。ぴったりしすぎている」

自然が刻んだ岩みたいな顔と巨躯の主である。声も岩のようだ。そして、憎しみが溢れていた。

「するとあれですか。陸軍の反対勢力がP51ムスタングのパイロットを買収して、少佐殿が帰省する途中の道にナパームを落として脅かしたと仰る？　中尉殿、おめでとうございます。笑顔がこぼれてますぜ」

「当然だ」

中尉――ミラード・シェルビンソン海軍航空隊中尉は、「ワシントン・ポスト」を飴みたいにねじった。

「陸軍の上層部も、腰抜けばかりではないらしい。大統領候補殿の日本人《ジャップ》びいきもナパームで報いられるとは痛快だ。それで倅の無念も少しは晴れるだろうよ。おい、ヴィスコ――何だ、その顔は？　ハーランが撃墜されたのは三年も前だ、もう忘れろと言いたいのか！」

「とんでもない。無念はよくわかります。自分も珊瑚海《さんごかい》で弟と従弟を失いました。ですが――」

巨体がヴィスコ少尉の真正面に移動した。身長差は頭ひとつ。体重は三〇キロ違う。

ヴィスコはひと暴れを覚悟した。

「――これは戦争です。お互い様だと思います」

「貴様」

ミラード中尉が拳を握った。

食堂内の空気が固まる。

一瞬で消えた。

「シェルビンソン中尉」

戸口から彼を呼んだのは、大尉の襟章をつけた男だった。戦闘飛行隊長ジャック・セランダー。シェルビンソンの直々の上司だ。

暴力中尉は長靴《ブーツ》の踵を叩きつけるような見事な敬礼を見せた。

「司令官がお呼びだ。すぐに来い」

司令室でシェルビンソン中尉は目を剥く羽目に陥った。

「日本軍と協力して事に当たれ？　失礼ですが、気は確かでいらっしゃいますか？」

「言葉が過ぎるぞ、中尉」

セランダー大尉が渋面を作った。

シェルビンソン中尉の正面、セランダー大尉の左横にある大デスクに腰を下ろした人物の襟章は大将——米太平洋艦隊司令長官チェスター・ウィリアム・ニミッツであった。

彼は微笑した。

無理に笑っているがこの人は猛獣だと判断し、シェルビンソンは好感をもった。

「君の歴々たる戦績は我が軍の誇りだ」

と、ニミッツは言った。

「ただし、聞くところによると、それは御子息が珊瑚海上空の空戦で日本の零戦《ゼロファイター》に撃墜された、その怒りが原動力となっているらしい。これからとんでもない話をするが、そのために一時的にせよ、我が国は敵国日本と協力関係を取らねばならん。そのとき、誰よりも頼りになりそうな人物に、個人的な感情で動いてもらいたくはない——とこれは私個人の意見だが」

「――それでは御希望に添いかねます」

シェルビンソンは胸を張った
「戦闘中止命令が出ても、私は日本人を求めて戦場に留まります」

ニミッツは言った。

「――では命令だ」

ショルビンソンは、さらに胸を張って、

「本日より、日本野郎《ジャップ》――失礼、日本人《ジャパニーズ》に対して一切の敵意を放棄いたします。一刻も早く、そのふざけた――失礼――友情溢れる協定が破棄されることを祈ります」

「その前半だけを覚えておきたまえ。私もそうする。ご苦労」

敬礼に応えてシェルビンソンは去った。


閉じたドアを見つめながら。

「いい倅だったのかね?」

とセランダー大尉に尋ねた。

「そう聞いております。入った学校はすべて首席で出たそうです。シェルビンソンは医者にしたかったようですが、十八で志願しました。血は争えません。そして、一年後に――」

「あとひと月で投入される最新型のコルセアなら、撃墜されるのは零戦の方だったろう。そう言っても始まらんが。彼は命令を守ると思うか?」

「ご心配なく。彼は生まれついての軍人です」

「君の部下たる以上、責任を持ってそう行動させたまえ。あの島国はいつか打ち倒せるが、この星を狙う者たち相手には、あの国の力が不可欠だ。

この広い太平洋での戦いに小競り合いはあり得ん。ともに出動するときはかならず決戦のときだ。共同戦線を張る国とのトラブルは何をさて置いても防がねばならん」

「イエッサ」

「彼以外に日本軍に対する憎悪で出来ている兵はいるか？」

「精神方面科によれば、おりません」

「ひとりで済んだか」

ニミッツ大将は立ち上がり南向きの窓辺に近づいた。

広場では兵士たちが訓練に汗を掻き、遠い滑走路にはカーチスP40が地上で編隊を組んでいる。さらに遠い真珠湾——戦艦〈アリゾナ〉を中心とする機動部隊が陽光に鋼鉄《くろがね》の舳先《へさき》を並べている。


いま、一機のDC－3輸送機が銀翼を閃めかしつつ降下してくるところだ。

消えた。

ひび割れた滑走路に降りるわけにはいかない。大将は一瞬の幻影から醒めた。兵舎はすぐ再建されたが、焼失した廃墟の跡はあちこちに黒い屍骸をさらしている。

兵士たちは訓練よりも高射砲や機銃座の再建に忙殺され、トラクターはP40の残骸を片づけるのに忙しい。背後に広がるホノルル市街の姿など、考えたくもない。そして真珠湾。半年前まで上がっていた何十条もの黒煙の下には何がある。

——日本人《ジャパニーズ》か。奴らもこんな目に遇ったはずだが、おれの記憶違いか。いや、それでも、必ずこんな光景に変えてやる。協定が終わったらすぐに。なあ、中尉。

背後で待機するセランダー大尉が、ひとつ身震いしたほど凄惨な雰囲気を広い背に湛えて、ニミッツ大将は凄まじい破壊のパノラマからいつまでも眼を離さなかった。

## 2

霧といえば、西のサンフランシスコが有名だが、東海岸にもかかる。最も頻繁なのが、マサチューセッツの一角――マニューゼット川の河口に広がる「インスマス」を巡る霧であって、ロンドンほどではないが、昼間でも歩くのに苦労するほどだ。

その晩も、闇は乳白の色に染まっていた。旅行者が訪れることは滅多になく、アーカムから派遣されたドラッグ・ストアの店員をはじめとするごくわずかなまともな人々は、日が落ちるとすぐ住まいのドアに鍵をかけて、夜明けまで出て来ることはない。

沖に横たわる悪魔の〈岩礁《デビル・リーフ》〉も今日は霧に溶けていた。

深夜、湾に突き出た桟橋の近くへ、黒く巨大な影が漂って来た。

潮の流れに逆らっている以上、何かに乗っているか引かれるかしているはずだが、それはどう見ても海面に放置されているように見えた。

縦横高さ十メートルを超す正方形の塊は、五メートルほど進んで桟橋にぶつかった。数個の人影が走り寄ったが、みな奇妙な姿勢で、ひどく走りづらそうに見えた。

漂って来たものは黒い防水布に包まれ、上からロープで固く巻かれていた。

人影は少し離れた位置に固まった。包みはぐいと水中に沈んだ。次の瞬間、それは水の尾を引きつつ空中に浮き上がり、鈍い音をたてて桟橋の上に落ちた。驚くべきは、それが小さな車をつけた台に乗っていたことだ。

影たちが走り寄り、ロープを摑んで陸の方へ引いていった。

車のきしみが遠ざかった湾の水面に奇怪なものが浮いていた。

おびただしい人間の上半身である。髪の毛が水をしたたらせているが、背には鰭《ひれ》としか見えないものが山脈《やまなみ》のような線を引き、口のあたりから洩れる声は、両生類のそれを思わせた。

それらは荷物というよりも、黒く滲む建物や倉庫の影や、それを照らす街灯のかがやきを見つめているように見えた。自分たちがかつてそこにいたとでもいう風に。

新たな霧の渦がその姿を隠し、やがて流れた。後には、黒い水面が広がっているばかりだった。

黒い荷を運び、桟橋へ放り上げた者たちはそれきり姿を見せず、それ故に、遠い家並みの彼方からやがて聞こえて来た怒号も銃声もテケリ・リという奇怪な声も聞くことはなく、その声が火炎放射らしい光とともに絶えたことにも気がつかなかったのである。

「荷物は焼いたか？」

喚くような声は、返事に対する不安と期待で膨れていた。

「完璧です。しかし、この街の連中は、なんであんなものを何回も」

「それは、前回の捜査で逮捕された連中が、拷問に耐えかねて白状したそうだ。おれたちレベルには流れてこないがな――風の噂だと」

　こう言ったとき、声の主とその周囲にいた政府の役人たちは、沖の方から凄まじい轟きを聞いた。「インスマス」の半分が石も煉瓦も木も土も肉も骨も区別がつかぬ破片となって四散したのは、一秒後であった。

　わずか一発の四一センチ砲弾で、この世に存在する異界の仲間を始末した船は、二七八・一メートル、基準排水量四万五〇〇〇トンの巨体をゆっくりと霧へと擬態していった。

　濃霧の魔手がアメリカの一都市を破壊したかのような謎の砲撃であったが、目撃者がいた。霧を利用して奇怪な荷を送り届けた者たちと同様に、軍の横流し物資を海路で運搬して来た密輸業者たちである。はじめて自らの意志で、アーカムの警察署に出頭した彼らは、その戦艦が間違いなく、

「フジツボだらけの〈ミズーリ〉」

だったと、担当官に告白したのであった。

「おれは、ホノルルで見た。フジツボは付いてなかったけどな」

と首領《ボス》は言い切った。

この二日後、南月刑事は、日本橋のビルにある〈大本教〉の別院を訪れた。

電話をかけると、いつでも歓迎いたしますとのことだったので、昼過ぎになった。

ビルの玄関で、明らかに護衛と思しい屈強な男たちに囲まれた白髪白髭の老人とすれ違った。

愕然となった。

「――あれは、〈玄洋社〉の頭山満《とうやまみつる》。後ろはその懐刀――内田良平だ。もう、そっちまで輪を広げているのか？」

どちらも政治結社の大立者《おおだてもの》である。内田は頭山の一番弟子だ。

呆然と立ち尽くす南月の眼の中で、世界が回転した。

よろめく彼を、通りかかったインド人の水夫らしい二人組が支え、通りの方を見た。一台の車が止まった。

心配そうにインド人たちが南月を運び込み自分たちも乗り込むと、車はすぐ走り出した。


いきなり、闇が弾けた。

最初に焦点を結んだのは、ひどく色っぽい女の顔だった。

「覚えているか？　南月？」

嘲笑を含んだ声を支えているのは憎悪だった。

「ああ。岩魚神社と手配書で見た。枡光子――いや、円城寺あやだったな――神妙にお縄につけ」

「そんな台詞が吐ける立場かどうか、周りを見てごらん」

　あやの隣には岩魚神社の神主と、男が二人――〈陀勤秘密教団〉極東本部教区長・笹暮蝋人と副教区長・斉田政直だ。あとは気配だが、後ろに二人いる。場所は剥き出しのコンクリートと裸電球、と息苦しさからして地下室だ。南月は椅子の背に両手を廻されていた。手首に縄が食い込んでいる。

「とうとう正体を現したか――しかし刑事に手を出すとはいい度胸してるな。気でも違ったのか？　ここは何処だ？」

「日暮里にある我が教団の支部だ。そんなことより、お前に訊きたいことがある」

　と斉田が言った。チビで小太り――普段は人のいい小父さんで通りそうだ。

「我々の大いなる未来のための設計図を、不可思議な力で焼き尽くそうとする力がある。その持ち主の素性を知りたいのだ」

「例の阿蘭陀人か。おれは何も知らんぞ」

「もうひとりいる。おまえたちがミナスキュールと呼んでいる男だ」

　とうとう来たか、と南月は溜息をついた。

「それは大本の総帥に訊け」

「手は打ってある。だが、そいつは出口に命じて、おまえを救わせた。何故だ？　我々にとって恐るべきは帝国軍でも警察でもない。この二人だ。それがどちらもおまえとつながりを持っている。心に掛けているといってもいい。その理由は？」

　南月は首をふった。

「知らん。いいか、おれはそいつらの顔を見たこともなければ、声を聞いたこともない。ここへ連れて来た理由がその二人なら、残念ながら無駄骨だったな」

「とぼけるな」

斉田が怒りに頬を染めて前へ出た。

「我々の大いなる目的は誰にも阻止出来ん。これは〈神〉の御心だからだ。だが、こいつらがいるおかげで、当初の予定に大幅な狂いが生じておる。〈神〉はなおお眠りだ。現世でのご業績は、たまさかの夢遊行を除けば我らの計らいによるものだ。故に、あいつらの阻止を可能にしてしまう。一刻も早く叩きつぶさねばならん」

「その二人は、そんなに強いのかい？」

「強い。恐るべき敵だ」

「そっちも神さまなんじゃないのか？」

三人の表情が変わった。南月は驚いた。まさか——

これまで黙っていた笹暮が口を開いた。

「ひとりは〈神〉の出現を妨げ、ひとりは我らの行動をことごとく妨害してのける。本来なら、汚れた地上世界は、とおの昔に自ら造り出した兵器によって滅んでいるはずだ」

「あの艦砲射撃か」

「それは一手段に過ぎん。〈神〉と我々の意図は桁違いに徹底しておるのだ」

「ほお。どんな？」

「まだ言えん。だが、近いうちとだけ言っておこう」

「また邪魔されるんじゃねえのか？」

「その怖れを拭うべく、君をさらったのだ。さあ、正直なところを聞かせてもらおうか」

「おれは生まれ落ちてから、ずっと正直者だぜ」

黙って耳を傾けていたあやが、満面を怒りに染めて、

「世の中の道理がわからない男ね。なら身体に訊くしかないわ。おやり」

あやが眼配せするや、ごつい腕が南月の両肩に指を食いこませた。

眼の前に背後から二本のニクロム線が突きつけられた。先端が触れ合うと凄まじい火花が飛んだ。火花は床に落ちても消えなかった。

「男も女も感じる場所がひとつあるわね。千ボルトの電流だとどうかしら？」

「いい趣味だな」

南月は右手で左の手首を握りしめた。

「その前にまず、鼻の穴に入れておやり」

返事もなく入って来た。

脳まで痺れた。

噴き出そうとする悲鳴を、南月は必死でこらえた。両肩は後ろから見えないもうひとりが押さえつけている。

世界が真っ白に見え出した頃、ニクロム線は抜かれた。

「あら、お漏らししてないのね。立派。今度はあたしが直々に試してあげる」

あやは前へ出て、ニクロム線を受け取ると、

「後ろ向きにおし」

と命じた。

ぐったりした身体に男たちの手が触れる寸前、南月は前方へ跳んだ。

左手であやの手首を摑むや、思いきり美貌へニ

クロム線突き入れた。

鼻孔へ吸いこまれたのは偶然であったろう。あやは吹っとんだ。五メートルも背後の壁に激突し、崩れ落ちた。髪の毛は見事に逆立っていた。

後ろの二人は相撲取り崩れの巨漢であった。

毛むくじゃらの豪腕が後ろからしがみついてくる。南月は太い親指のつけ根に自分の左の手首を押しつけるや思いきり引いた。

刑事に昇進が決まった日に父親が贈ってくれた腕時計を、近所の工場で竜頭を押すと三センチほどの刃が左右にとび出すよう改造させてある。

骨まで斬れた親指を押さえて、そいつは悲鳴を上げた。これからは左腕一本で生きねばならないからだ。

もうひとりには構わず、南月は前方の斉田に攻撃を集中した。上着のふくらみ具合から、武器を持っていると判断したのである。

斉田は扱い慣れていなかった。上着に引っかかった南部十四年式を抜き切る前に、南月は頭突きをかました。のけぞる身体から拳銃を奪うや、ふり向きもせず、腋の下から引き金を引いた。

やま勘射ちだが、三発とも手応えはあった。

元相撲取りは、両脛を押さえてうずくまった。

「動くな！」

鉄扉のところに辿りついた笹暮が足を止めた。

「弾丸《たま》はまだある。ひとりに一発ずつな」

南月は十四年式の銃口を次々に向け替えて威嚇した。

「さて、揃って上へ、といいたいところだが、邪魔になる。親玉だけ同行してもらおうか」

笹暮がどう反応したか、南月は後々思いだそうとしたが、何ひとつ浮かんで来なかった。

### 3

気がつくと、ベッドに横たわっていた。動こうとした途端、凄まじい痛みが全身をわななかせた。

「動いてはいけません」

ベッドのかたわらで声がした。首だけ何とか動いた。

出口王仁三郎であった。隣に五十年配の穏やかな顔立ちの婦人が付き添っている。白衣姿で看護婦と知れた。

「ここは？」

「宮内省の宮中病院です」

婦人の返事に、南月は痛みを忘れた。

「よして下さい。皇族の――」

「あなたには最高の治療を受けさせろとの指示が出ておりますのよ。軍と警察と政府から」

南月は呆然となった。

「冗談はよして下さい」

と言えたのは、数秒後のことである。

「――自分は図に乗りやすいです。署へ戻ったら署長さえ顎で使いかねません」

婦人は口に手を当てて笑った。王仁三郎も笑いを湛えている。

「ま、変わった刑事さんですこと。ここへ来られたのも、このせいでしょうか」

気力が和んでしまいそうな温顔であった。

「それより──何があったんです？　自分は陀勤教団の地下室で──」

「砲撃でございます」

と王仁三郎が答えた。南月は返事が出来なかった。頭の中身がとんでしまったような気がした。

「東京湾沖から、砲撃があったのでございます。〈陀勤秘密教団〉は壊滅いたしました。まだ捜索中ですが、生存者はおりますまい」

「──無し……。しかし、自分は──？」

「ある力によって間一髪のところをお救い申し上げました」

「……やっぱり、あんたが見張っててくれたのか」

王仁三郎の笑みが深くなったようである。

「しかし……帝都を砲撃とは──まさか亜米利加の船が？」

「形としては、そうですな」

「形？」

「こしらえたものは、別の存在でございます」

「──CTHULHUか？」

いきなり口を衝いた。

「左様でございます」

「CTHULHUは……軍艦まで造れるというのか？」

「他に考えようがございません。相手は人知の及ばぬ〈神〉でございます。たとえ邪まなる〈神〉であろうとも、その力は人外のものでございましょう。砲艦は亜米利加の『アイオワ』級でございました」

誰がそれを見ていたのか、と問い返す気力も失い、南月は天井を仰いだ。

よくこんな一件に首を突っ込んで生命があったものだ。一から十まで南月の、いや、人間の常識からかけ離れている。

ようやく質問をひとつまとめたときも、頭はふらついていた。

「──その偽の〈アイオワ〉が──なぜ砲撃を？」

「あのまま進めば、あなたさまの生命がないと踏んだのでございましょう」

南月は、またしばらく思考の失神状態に陥った。

「自分を……助けるために……〈帝都〉へ砲撃を？」

「〈陀勤秘密教団〉にはもはや逮捕か逃亡かの途しか残っておりませんでした。となれば考えられることはひとつしかありません」

「そんなことをしたら自分も一緒に……まとめて始末するのが目的ではなかったのか？」

「違います」

「どうしてわかる？」

「あなたが拉致された後、見張っていた者は巻かれてしまったのです。いきなり道が無くなったと申しておりましたから、敵の妖術にかかったのでございましょう。途方に暮れているときに、お筆先があったのです。あなたの居場所と砲撃の時刻とが半紙に記されました。ただし、〈艮《うしとら》の金神《こんじん》〉によるものではありませんでした」

「じゃあ──誰が？　例の阿蘭陀人か？　それともミナスキュールの？」

王仁三郎は首を横にふった。永遠に解けぬ仏法の哲理に思いをはせるかのような表情であった。

「おい、まさか……」

「わかりません。ですが、半紙に描かれた言葉は、聖祖でなければ読みこなすことが出来ぬものでした」

　聖祖――出口なおのことである。しかし、彼女はとおに亡くなっている。南月はそれにも思い到らなかった。人間の思考では到達できぬ結論を導き出してしまったのである。

　彼はつぶやいた。

「では……おれを救ったのは……あいつか……。どうしてだ？」

　南月は王仁三郎を見た。ドアがノックされたのはそのときだ。

　婦人が開いた。

　長身の男が入って来た。外国人だが、顔つきはアメリカ人とは異なる。学生の頃、本で見たギリシャの彫刻に似ていた。豊かな髪と短いが見事な顎髭だ。最も印象的なのはその眼であった。深く、鋭くそして強い。生まれ落ちた瞬間から変化の実相を極めんとしているような眼だ。

　反射的に悟った。彼がミナスキュールだ。

「彼が南月刑事かね？」

と男が王仁三郎に訊いた。驚くほど滑らかな日本語である。王仁三郎はうなずいた。

　男は力強い足取りで近づき、ベッドの脇に立った。不安は感じなかった。

　男の眼が南月を落ち着かせていた。

「いい顔をしている。しかし、やはり――」

「ようそうでございます」

　王仁三郎はうなずいた。

「何だ、それは？」

と南月は声を険しくした。

「妖しい相でございます。実相というものは留《とど》まることなく変転いたしますが、その内のひとつで、人間《ひと》の実質に基づいております」

「自分のどこが妖しいのか？」

男を睨みつけた。たちまち和やかな眼差しに南月はなった。そんな男であった。

「確かに妖眼だ」

と男はうなずいた。

「——だが、奥の奥の光で救われている。船長と、あ、い、つが鎬《しのぎ》を削るわけだ。これは——傑物だぞ」

「やはり」

「千年にひとりの〈担うもの〉だ。CTHULHU が気にかけるのも無理はない」

南月は全身が凍った。声だけは出た。

「CTHULHU が——おれを？　どういう意味だ？」

「神々も疲れるのだよ、南月くん」

男に名前を呼ばれて、ふっと張りかけていた気が抜けた。

「彼らも、彼らに使役されている者たちもね」

「だから、どういう意味なんです？　どうやら自分は単に面妖な事件を担当しているだけじゃない、もっと深い部分で巻き込まれているようです。あなたの仰る〈神〉とやらは、自分をどうしようと企んでいるのですか？」

ひどく丁寧な物言いに、南月は驚いた。驚きはさらに続いた。

「後継ぎだ」

「は？」

眉が寄った。道に迷っていたら、いきなり眼の前に町の灯《ひ》が出現した気分だった。まともな解答だ。しかし、完全に理解の範疇を越えている。

男が王仁三郎の方を向いた。

「いえ、それで結構です。この場合、もう少し説明が必要かと存じますが」

男はうなずいた。

「そのとおりだろう。ただし、CTHULHUの眼はなおもこちらを向いている。隙あらばというわけだ。かいつまんで話そう。まず、CTHULHUは偉大な力を持つ邪神だが、今なおこの星を支配はしていない。彼の後にやって来た他の神々もそうだ。宇宙の深遠に眠る〈神の中の神〉アザトースさえ、その強大な力のざわめきを感じては、意味もない悪態をつかざるを得ないほどの神たちが、この星ひとつ掌中に収められず、海底や深山、異世界へと姿を消してしまったのには訳がある。邪魔が入ったのだ」

「邪魔？　〈神〉の行為を邪魔するものが？」

「〈神〉を制止し得るのは〈神〉のみだ。それはこの星に関して、他所《よそ》の宇宙からやって来た〈神〉以上に強大な力と権利を持つ存在――すなわち、この地球自体に宿る〈神〉に他ならない」

正直、南月の理解は、またおかしな奴がやって来た、のレベルであった。だが、眼の前の外国人の放つ気と迫力は、それを補っていた。彼はすべてを信じる気になっていた。

「この星に生命が生まれる前に、〈神〉同士の長い長い闘争があったとラヴクラフトは書いている。彼は〈邪神〉たちの行動を後世に伝えるために、この星の〈神〉によって選びだされた文字による〈語り部〉なのだ」

「ラヴクラフト？」

南月は記憶を辿った。引っかかったような気もしたが、それどころではなかった。

「だが、人間は〈神〉の意志を完全に具現化は出来ん。人間の力ではどうしても及ばないのだ。だから、ラヴクラフトは全ての闘争史を物することは出来なかった。彼の作品の中で抜け落ちているのは、〈この星の神〉と〈邪神〉との闘いの歳月だ。〈地球の神〉は〈邪神〉たちのうち幾つかを地球外へと放逐したが、完全な破滅をもたらすことは出来なかった。どころか、CTHULHUはなお海底に、ヨグ＝ソトホースは異次元に、シュブ＝ニグラス、ウルム＝アト＝タウィル、ツァトゥグァ等は人跡未踏の高原や山中、地底世界に残存し、今なお虎視眈々と〈地球の神〉から支配権の剥奪を策している。この星の安寧はひとときの油断によって崩れ去りかねんのだよ、南月くん。これを防ぐため、〈この星の神〉は、〈邪神〉たちの行動を監視し阻止するための備えを設けた。すなわち〈監視役〉と〈護衛官〉だ。だが、さっきも言ったとおり、〈神〉はともかく、その力を譲渡された人間は、やがて寿命を迎えねばならない。五千年、一万年生きても尽きる生命には変わりがないのだ。ここへ来て、CTHULHUの動きが活発化してきた。というより、眠り続ける奴を外部から操る連中がいるらしい。CTHULHUを祀る連中は人類が誕生して以来存在し続けているわけだが、そのうちの何人か、〈ダゴン〉や〈ヨグ＝ソトホース〉の血を引く者たちが、大妖術師としての実力を備えたらしいのだ。太平洋の奇怪な戦艦がCTHULHUの意志によって建造されたものとは思えん。〈神〉はあのような判りやすいことはしない。我々と同じ人間が建造を依頼したのだ。本来なら〈監視役〉が早期に発見し、〈護衛官〉が阻止しなければならなかった事態だ。どちらも疲れ果てているのだよ。そこで君に白羽の矢が立った。何故君かは言うまい。言っても理解できんからだ。だが、この星を奴らの手にいれさせぬためにも、君は〈監視役〉を引き受けなくてはならん。これは〈地球の神〉の意志だからだ」

「冗談じゃない。神さまだか何だか知らんが、おかしなことを勝手に決めるな。おれはただの平刑事だ。そんなおかしな役が務まるものか。それに何だ？　CTHULHUまでおれを狙ってるって？」

「それは、この宇宙のあらゆる生命に内在する問題だ。人間が言う正と邪——いかなる生命もこの二つの枷からは逃れられない。そして、優れた資質に宿る正と邪は、その容れものも途方もなく大きく広く深いのだ。CTHULHUの一派は、君に潜む邪の本質に眼をつけた。第二の〈ナイアルラトホテップ〉としてな」

自分にどんな反応が起こるだろうかと南月は考えたが、眼を閉じただけだった。

〈ナイアルラトホテップ〉——封じられた〈邪神〉たちの解放を策す唯一の〈逃亡神〉。その全貌を南月は岩魚市から東京へと向かう車中で王仁三郎から聞いていた。

「それは、自分に〈神〉になれということですか？　それともCTHULHU一派に？」

「いま奴らの行動は、すべて君の邪神化に集束する。CTHULHUが君を救うべく、〈陀勤秘密教団〉の本部へ一六インチ砲弾を射ちこんだのも、そのためだ」

「そして、あんたたちに自分を救えとか？　ひどく人間らしい〈神〉さまじゃあないか」

「妖術師の意志だ。ひょっとしたら、君の一代前の」

「ナイアルラトホテップ」

いつの間にか、しんと凍てついた病室の中で、南月の声だけが陰々と鳴り響いた。

# 第九章　海魔来たる

## 1

「おれは、どうすればいいんだろう？」

ついに南月は救いを求めることに決めた。

「放っときゃ、〈地球の神さま〉とやらが何とかしてくれるんだろうか？　おれはどっちにつくのも御免ですよ」

「それはわかっている。だが、選ばねばならんのだ。運命と気易く使いたくはないが、今回はそれで割り切って貰いたい」

「冗談じゃねえ」

撥ね起きかけて——南月は悲鳴を上げた。婦人があわてて近寄り、肩と顔に手を乗せた。

「右肩の骨と肋骨が砕けています。動いてはいけません」

「しかし——こんな一方的な話。黙っちゃいられませんよ」

男は痛ましげに南月を見下ろして、

「恐らく、最終判断は君の意志にかかっている。我々としては、こちらの使命を選んでくれと祈るばかりだ」

「一万年も、ずうっと、海の底で眠っている化物の見張りをしろっていうんですか？」

「CTHULHU ばかりではない。海神〈ダゴン〉、その妻〈ハイドラ〉。そして〈深きものたち〉——見張るべき魔は多い」

「ますます危険じゃねえか。自分ははっきり断る。故郷《くに》へ帰らせてもらいます」

「何処へ行っても、我々と奴らの眼から逃れられん。我々としても君を奴らに渡すわけにはいかんのだ」

　冷たいものが、背すじをつうと流れた。

「渡すというなら――あれか？」

「そんな真似はせんよ」

　男は、にやりと笑った。

「いざとなったら酩酊状態で船に乗ってもらおう。それが嫌なら地の果てで金融業でもやるか」

「――何だ、そりゃ？」

「〈神〉だろうと、この世で生きるには金銭が必要ということだ。私の本業だよ」

「お世話になっております」

　王仁三郎が一礼した。

「あんた、ミナスキュールじゃ――」

ないのか？　と訊き終える前に、

「運命は必ず決着をつける。そのとき、君がどちら側にいるか――選ぶのは君だ」

　南月は返事が出来なかった。

　少し前から、彼は眼の隅に映っているものに気を取られていた。

　窓だ。その向こうは帝都の闇空が広がっているはずだ。それなのに――あれは、水泡じゃないのか？

「こ、ここは!?」

　今度こそ痛みも忘れて叫んだ。

　次の瞬間、窓ガラスが吹きとんだ。闇の代わりに闇色の海水が、嘲笑を放ちながら流れ込んで来た。

間者《かんじゃ》助教授は、上京後すぐ、ホテルへも寄らずに友人の家を訪れた。

「どうした？」

と尋ねる友人に、

「最後の最後で手が詰まった。溶接部の温度が足りん。もっと強力なバーナーを軍の方で用意してもらえないか？」

「どれくらいの熱が欲しいんだ？」

と友人が訊いた。

「九千度」

「そんな高熱、聞いたこともない。これまではうまくいっていたんじゃないのか？」

「あの合金同士は通常のガスバーナーで十分だが、他の金属と、となると異なる。誤算だった」

「あんな突拍子もない申し出をする方もする方だが、受ける近衛首相と富山軍令部総長もどうかしていると思った。今もそう思っている。次期連合艦隊の旗艦を何だと思っている？」

「前にも言ったが、おれは冶金教室でアイディアをしゃべっただけだ。そうしたら、いつの間にか軍の上の方まで届いて、海軍省へ呼び出され、極秘で採用されることに決まった。それから、軍からも給料をもらって呉に詰めっぱなしだ。海軍のトップが、なぜ一冶金学者の冗談を採用する気になったのか、今でも見当もつかん」

「おまえ、川魚が身を縮めて戻ると、五寸も離れたところにいるのを見て、これを思いついたと言ってたな」

「ああ」

「鉄に応用してみろと言ったのは誰だ？」

「――さあ」

「外人か？」

「――どうしてそう思う？」

「この頃家で誰かに見張られているような気がしてると言ったな？」

「ああ」

「おまえも目を付けられているのかも知れんな」

「目を？　誰に？」

「阿蘭陀人だと言ったら、驚くか？」

「おい、仮りにもおまえは――」

「バーナーの代わりを用意しよう」

「あるのか、九千度？」


間者は身を乗り出した。

フィリピン――マニラ郊外には五年前から日本のある財閥が建てた製薬工場があり、昼夜休みなく稼働を続けていた。

いつの頃からか、その工場では薬にあらず、飛行機を作っているのだという噂が現地人の間に広がりはじめ、それもアメリカやドイツでさえ見たこともない巨大な代物だと、確信をこめてささやかれるようになった。

根も葉もない風聞だ。現地支社長と本社の副社長がこう声明を出し、従業員やマニラ市のお歴々の前で一席ぶつと言明した。その翌日、工場は跡方もなく消えた。

深夜二時頃、何やら途方もない大地震と爆発音が近隣住民をベッドから叩き起こし、なぜか誰ひとり外へ出ぬまま夜が明けた。

衝撃よりも大音響の出所《でどころ》へ走った人々が見たものは、確かに工場の施設が並んでいた場所にそびえる岩山であった。

十万坪の敷地を完璧に埋め、従業員三千余名と工場の施設を恐らく圧砕してしまったそれは、一万年も前からそこにあるように思えた。いや、人々はすぐそう思いこんだ。

岩と地面の密着部からは、文明のかけらなどガラスの破片も発見できず、人間の髪の毛一本、見つからなかったのである。

そして、高さ三〇〇メートル有余、総重量二五〇万トンと推定された岩山は、潮くさい水を頂からしたたらせて地面に大穴を穿ち、あちこちから、地上の人々が見たこともない珍奇な海藻や深海の魚が痙攣の様を示し続けているのだった。

CTHULHUの存在とその脅威が脳の髄まで沁みこんで以来、世界が死力を尽くした事柄は、〈邪神〉の眠る海底都市〈ルルイエ〉を破壊する手段の開発であった。

その存在深度は一万二〇〇〇メートル強、いかなる潜水艦艇も到達不可能な水圧の跳梁する魔所であった。

ならばそこまで達し、広大なる魔の神殿を破壊し得る爆薬・水雷の類を開発する他はない。

各国の科学陣は寝食を忘れ、血の汗を掻きながら、研究に取り組んだ。

次の春。深海爆雷の試作品を完成させたのは亜米利加と日本であった。

日本の爆雷は単に沈下し、設定深度で爆発する形式であったが、亜米利加のそれは爆雷に記憶させたルルイエのデータと同じ形状の物件を発見後、接近爆破する世界に例のない認識装置と推進装置を備え、ただちに各国で生産が開始された。

「よく亜米利加が技術供与を受け入れたもんだな」

海軍省の一室で緒方中将は苦笑いを浮かべた。

「ま、爆雷本体に我が国の酸素魚雷の技術を提供しろと申し込んで来ておりましたし」

鬼神も同調せざるを得ない。

「しかし、マニラのようにつぶされはせんだろうな」

「それは——何と言っても〈神〉の御業《みわざ》ですからな」

「爆雷の数が整い次第、連合艦隊を組んで〈ルルイエ〉とやらを殲滅しに向かうことになるだろう。協定では各国戦艦三、空母一、巡洋艦五、駆逐艦十——かなりの大所帯だが、はたして守られるかどうか」

「問題は航空勢力でしょうな」

鬼神は唇を歪めた。

「どの国も虎の子の空母と飛行機を失いたくはありません。はたして何隻担ぎ出せるか。それに、〈ルルイエ〉の位置は豪州の近辺です。辿り着くまでに妨害がないとは考えられません。たとえ、協定の百倍の艦船が集まったとしても、大渦に巻きこまれたら海の藻屑です」

「CTHULHUなら、ちょいと海底を掻き回せばいいか。それとも海底の山脈の一部を放り投げれば、人間の艦艇などたちまち壊滅状態だ。マニラの例を見るがごとくにな」

「〈富嶽《ふがく》〉は残念でありました」

鬼神は眼を閉じた。

官民の技術陣が一体となって設計建造にこぎつけた大爆撃機は、全長四六メートル、六発のエンジンを備え、二〇トンの爆弾を搭載して高度一万七〇〇〇メートルを時速七八〇キロで飛行、米本土を爆撃後帰投可能という、正しく夢のごとき巨人爆撃機であった。

爆撃型、雷撃型、輸送型、掃討型の各タイプがあり、雷撃型は一トン魚雷二十本を積み、輸送型は兵員二百名、掃討型は、下方に向けて七・七ミリ機銃四百挺、乃至二〇ミリ機関砲九十六門を装備する。

緒方はかぶりをふった。

「製造中の試作型はエンジン八発、全長一〇八メートル、積載爆弾五〇トン、高度二万メートルを悠々と亜米利加まで行って帰って来る予定だった」

鬼神の眉が寄った。それほどのスケールを持つとは想像もしていなかったのである。

「〈彩雲〉は〝我に追いつくグラマン無し〟と打電して来たが、〈富嶽〉の場合は、〝我に辿り着く敵機無し〟ということになるか。それでも撃ち落とされる可能性は無きにしもあらずだったが、まさか、初飛行前に海底から投擲された岩で工場ごとつぶされるとは考え及ばなかったぞ」

緒方はそれが癖の、どんな悲痛事でも苦笑で済ませる笑顔を見せた。鬼神はそれが好きだった。

「ま、しかし、洋上の艦船相手となれば、二万メートルからの爆撃では、まず命中は難しい。かと言って高度を下げれば主砲の餌食になる恐れも十分ある。近頃では巡洋艦、駆逐艦の主砲の威力も馬鹿にできんからな」

「CTHULHUは、船を造り始めました。飛行機はどうでしょう?」

鬼神は緒方の眼を見つめた。

「可能性は十分にある」

と海軍中将は眼をそらさずに言った。

「だが、これまでの情報を整理する限り、奴が造ったものは、既成の艦のコピーばかりだ。飛行機も同じだろう。コピーは本物に及ばぬよ。それにパイロットの技量《うで》までコピーはできまい」

それから、小さく、

「ふむ、零戦と零戦、メッサーとメッサー、スピットとスピットの一騎打ちか。見たいといえば見たかったな」

「アメリカは〈コルセア〉や〈ヘルキャット〉の他にも新鋭機を準備していると聞きますが」

「〈P51ムスタング〉とやらであろう。噂ではレシプロ最高の機種というが、我が日本の〈零戦〉も進化しておるぞ。また〈疾風〉、〈烈風〉等の新型機も試作に入っておる」

緒方はここで腕を組んだ。鬼神はひと呼吸置いて、

「独逸はどうでしょうか?」

「レシプロ・エンジンを遥かに凌ぐジェット・エンジン装備の試作機を完成させたとも聞いておる。それが出て来たら厄介だな。しかも、唯一対抗可能な本物は運ぶ手段がないときておる」

あくまでも防空戦闘機に限定されるジェット機は、到底長距離運用には耐えられないし、独逸に空母はない。米英の空母に便乗するのは、独逸の軍部が許さないだろう。プライドと技術漏洩のリスクが大きすぎるのだ。

ここはない、と思うしかなかったが、鬼神は食い下がった。

「〈秋水〉は結局、駄目ですか。二度目の試験飛行では十分な成果を収めましたが、着陸にしくじったとか。ですが、そのときの状況も尋常ならざるものがあったと聞いております」

「あれはもともと独逸の技術供与によって成し遂げられた機だ。この国には合わなかったということだろう。それに完成していたとしても、飛行時間は八分足らずと聞いている。それで敵の数を凌駕できるとは思えん」

「そこは他の機でカバーすれば――」

「残念だったということだな」

緒方は珍しく、苦笑抜きで話を打ち切った。

山田侍従なら何を言っただろうかと鬼神はふと思った。

## 2

翌日開かれた御前会議によって、連合艦隊の南太平洋への出発は二週間後と決まった。

戦艦は〈長門〉〈榛名〉他一隻。巡洋艦は重巡〈最上〉〈妙高〉〈高雄〉、駆逐艦は〈睦月〉〈如月〉〈弥生〉〈夕月〉〈吹雪〉。空母は当初、〈飛龍〉とされていたが、搭載機数が常用五十七、補用十五の計七十二機となるため、常用六十六機、補用二十五、計九十一機の〈赤城〉に変わった。搭載機は艦爆を無しとし、艦爆としても使用可能な〈零戦五二型〉九十機。これに潜水艦乙型(伊十五型)が七隻加わった。協定より少ないが、

「他国も同じだ。持てるすべてを海底の魔物とやら相手に消耗するわけにはいかん。戦いはなお続いておるのだ」

という大方の意見が通った。燃料と食料の補給はマニラと豪州《オーストラリア》のシドニーで行われることになった。

海軍省でこれを聞いた鬼神は、その晩、家へ帰って乙美に出動を告げた。

いつもの悲しげな眼差しが迎えるかと思ったが、妻の眼と表情は別人のようなかがやきを放った。

どうした？　と訊く前に訪問者があった。山田侍従であった。

「土産です」

と乙美にウィスキーの箱を渡し、上がり込むなり、

「警戒厳重ですなあ」

と門の方をふり返った。〈陀勤秘密教団〉一派の襲撃以来、鬼神の家には軍の護衛がついている。

「捕まった連中はどうなりました？」

とぼけやがって、と思ったが、どうせ自分は侍従だと逃げられるに決まっている。

「全員、激烈な尋問を受けたらしいが、口を割ったという話は聞いておらん。まだまだ時間がかかりそうだな」

「ひとつ――お耳に入れておきたい情報があります。例の南月刑事のことですが、例の日暮里砲撃事件の日から消息不明と聞いております」

「――彼が、何故？」

「不明です」

「貴公の意見は？」

「ありません」

「同じ日に、宮中病院でも変事が勃発したと聞いている。一階の特別室から患者と付き添いが忽然と消失し、病室の内も外も海水まみれであったとか。その入院患者に心当たりはあるかね？」

「ありません」

「ふむ、ところで何の用だ？」

「私も〈ルルイエ〉行きにお伴いたします」

「ふむ」

「お嫌ではありませんか」

「来ると思っていたからな」

「はは」

山田は頭を叩いた。落語家の仕草に似ている。何となく鬼神は口もとがほころぶのを感じた。

丁度、ビールを運んで来た乙美も笑いを湛えている。得な男だと思った。

乙美が去ってから、

「お前は何者だ?」

と聞いた。

「ただの侍従が、化物の棲む海域まで戦艦に乗って同行するはずがない。もう一度訊くが中野学校出か?」

「とんでもありません」

「中野出が中野出ですとしゃべるはずもないな。忘れろ」

「はは。ま、一杯」

「駄目だ、話せ」

「はは。まあ腹を割って話すにはよろしいかと」

「本気か?」

「はっ」

生真面目な顔でうなずいた。信用できないが、まあいいかと思った。二人で何杯かずつあおった。

「――勝てるとお思いですか?」

「CTHULHUなら、わからん。向こうが本気を出せば――いい勝負だろう」

我ながら大した嘘をつくものだと思った。人間対〈神〉――勝てるわけがない。

「結構です。自分は民間人ですので、軍の仰ることを信じるしかありません」

「嫌がらせか?」

「とんでもない。そうはお思いになりませんか?」

そのとおりだ。国民は軍の発表を信じる他はない。

「敵も頭の上からの爆雷攻撃を黙って見てはい

まい。〈ルルイエ〉とやらに辿り着くまで、様々な妨害工作を行ってくるだろう。ラヴクラフトとかいう作家の本には、それについて記されていないのか？」

「別の怪物に攻撃をかける場面はありますが、CTHULHUには」

「ふむ」

鬼神は腕を組んだ。

「ただ、ラヴクラフトには未刊行の原稿も多々あります。或いはその中にCTHULHUの攻撃やその対処法が書かれているかもしれません」

「出撃までまだ時間がある。調べてくれ」

「承知いたしました」

うなずき方が、気になった。

「ひょっとして――もう調べてあるのか？」

「いえ」

「それが嘘であることを期待しよう」

「はは。艦隊が大分、減少したと伺いましたが」

「それか――」

鬼神は事情を説明した。山田は黙って耳を傾けていたが、話し終わるとすぐ、

「本当ですか？」

「どういうことだ？」

「昔、英吉利海軍は、キャプテン・キッドという海賊を殺さずに捕まえるよう、上から命じられていました。キッドが海賊行為で貯えた莫大な金品を隠匿していたからだと言われています」

「CTHULHUが金の亡者だと言いたいのか？」

「面白いことを仰る」

山田ははじめて感嘆の表情を浮かべた。ずっと

凡人だと思われていたのかと、鬼神は不愉快になった。

「遠い過去に自発的な復活を待たず、地上の信者の手でCTHULHUを浮上させようと幾たびかの試みが行われましたが、みな挫折しています。それから判断して、CTHULHUが潤沢な資金を擁しているとは思えません」

「世界を救ったのは銭か」

鬼神はうんざりしたように言った。

「かも知れません。ヒトラーはそれを知っているからこそ、南極の地底世界を目指して特殊部隊を派遣したり、ゴビ砂漠の果てを求めたのかも知れません」

「未踏の地から得た金でCTHULHUを籠絡《ろうらく》しようとして、か？」

ついに山田は拍手を送って来た。

「素晴らしい」

「うるさい。飲め」

すでに酔いが廻っている。まずい――と意識がささやいた。

山田は易々と干すと、

「この後――世界はどうなると思います？」

と訊いた。

「世界？」

「選択肢は二つあります」

山田は人さし指と中指を立てた。

「まず、CTHULHUを斃したことで、各国間の結束が深まり、ひとつにまとまる」

と人さし指を折って、

「次に、相も変わらず自国の利益を追求して交戦状態に戻る」

　中指も折れた。

「ふむ。そっちだ」

　鬼神は山田の中指を摑んだ。これくらいはいいだろう。

「同感です。化物が出現しようがしまいが、世界は何ひとつ変わりません。それでも軍人をお続けになりますか？」

「おれは軍人だ。他に何も出来ん」

「我々は今回、侵略者を討ちます。ですが、それが片づいても、次は他国を侵略者と呼ぶ未来が待っているきりです。我々もそう呼ばれ、呼び返して戦うでしょう。空しいとはお思いになりませんか？」

　鬼神は叩きつけるようにグラスを置いた。

「おれを誹謗しに来たか」

「滅相もない」

　山田は手を突き出して制した。鬼神は立ち上がった。

「許さんぞ」

「酒癖がお悪い」

「うるさい」

　テーブルを廻って摑みかかろうとした。この辺は柔道王国日本だ。

　山田は素早く後じさって躱した。

　鬼神は素早くテーブルを越えて山田の前に立った。

「行くぞ、大外刈り」

「では、自分も」

　山田の身体が空中に大きな孤を描くや、手加減したものか、落ちた速度は意外にゆるやかだった。

うーんと山田はそれでも動けず、しかし、投げた鬼神もまた、彼の上から起きようとしない。息も絶え絶えに、

「貴様……拳闘を習っているのか？」

「学生時代に少々。ご容赦を感謝します。本気で投げられたら、今頃、死んでおりました」

「それにしては――効く」

ようやく呼吸を整えて、鬼神は起き上がった。右手は肝臓の上を押さえている。凄まじいアッパーだったのだ。

「わ」

山田が悲鳴を上げた。鬼神がいきなり裸絞めに入ったのだ。右腕と頸動脈を決められた顔は、みるみる土気色になった。

「油断したな。おまえは軍人に向いておらん。何度叩きのめされても、生命ある限り勝利を求めるのが軍人だ」

「ぐえぇ」

山田が白眼を剥いた。

鬼神がどこまでやるつもりだったのかはわからない。

彼はドアの方を向いた。

玄関で銃声が轟いたのだ。一発や二発ではない。射ち合いだ。

「乙美」

すぐに駆け込んで来た。

躍りかかって、ソファの陰に身を隠した。山田は白眼を剥いたままだ。

新たに数発が発射され、笛が鳴り響いた。

玄関のドアが叩かれた。

鬼神が走り出て開けた。

硝煙たちのぼる拳銃を手にした警官が、銃口を下げながら、

「おかしな連中が門前をうろつきはじめましたので、不審尋問をしたところ、いきなり射って参りました。応戦したところ、二人に命中し、敵は退散しました。こちらに被害はありません」

笛も熄んでいる。鬼神が礼を言ってドアを閉め、鍵もかけた。

ふり向くと、山田が立っていた。

「無事か？」

「は、何とか。奴ら――逃げましたか？」

「おお」

「しつこい奴らでした」

山田ははっと眼を剥いた。余計なことをしゃべってしまったのだ。鬼神にも急な訪問理由が理解できた。

「しつこい？　貴様、奴らに追われて――それでおれのところへ飛び込んで来たのか？」

「あ。いや。つまり――近くだったもので」

「近所迷惑な――許さん。来い」

それから五分近く逃げ廻り、山田はかろうじて窓から逃亡してのけた。

## 3

春の空は柔らかい青だった。子猫のような白い雲が風と遊んでいる。

「長門」

その下を鋼鉄《くろがね》の艦隊は右方彼方に沖縄の島影を見つつ、一路マニラへと直進中であった。

先頭に新旗艦。その背後に〈長門〉と〈榛名〉が白波を蹴立てて続く。〈赤城〉は右舷五〇〇メートルを〈榛名〉と並走し、飛行甲板には〈零戦〉五十二機が満を持してエンジン全開のときを待っている。

新旗艦の頭脳としては、もっとも防禦が手厚い司令塔で、鬼神は視線を水平線へととばしながら別のことを考えていた。

乗船の十日前にまたも変わった配属。緒方も一緒なのが救いだが、親しんだ〈長門〉の乗員とは別れを告げる余裕もなかった。

その日のうちに呉に飛び、緒方もともども新造艦のノウハウを頭に叩き込んで試運転にも加わった。十日後には、いける、との確信が生まれた。

「榛名」

「赤城」

いま、東京の自宅で別れた乙美の面影が脳内を占めているのは、精神《こころ》に余裕が生まれたのと、上着の内ポケットに収めた手紙のせいであった。〈ルルイエ〉への出撃を伝えた日に見せた、はじめてのかがやきを、ふたたび目と表情に漲らせて、乙美は玄関を出る夫の手に、そっと封筒を託したのであった。

あなたがこの星に仇なすものとの戦いに赴くと伺ったとき、とうとうこの日が来たと胸が熱くなりました。

鬼神歳三様、私は帝国軍人の妻にはふさわしくない女です。

一面識もない他国の人たちを、道端で困っているのを見れば声をかけてあげなくてはならない人たちを、私が同じ立場なら必ず声をかけてくれるに違いない人たちを、国と国とが戦っているからという、ただそれだけの理由で傷つけなくてはならない戦争というものが、私は心底嫌いでした。それなのになぜ軍人の下へ嫁いだのかと問われれば、あなたを心底お慕いしていたからと申し上げる他ございません。

そんな方が戦場へと赴かれるたびに、私は道に迷ったような――百年も迷っているかのような孤愁に捉われて、俯いてしまうのでした。あなたはそのたびに気遣って下さいましたが、他国の人たちを傷つけて欲しくないという思いには決して気づいて下さいませんでした。

国の利益のために、ひょっとしたら生涯の友となれるかも知れない人たちを斃し、あなたも斃される――こんなことがどうして許されるのでしょう。軍人の妻として私に出来る唯ひとつのことは、俯いてあなたを送り出す――それだけでした。

ですが、あの日、あなたは仰いました。次の戦いは、日本一国の利益を守るためではない。この星の生命に仇なすものを斃す戦いだと。

正しい戦争というものがあるのかどうかわかりません。ですが、今日、私は不安の中に溢れんばかりの喜びを持ってあなたを送らせていただきます。世界に破滅をもたらさんとする厄災を倒して、必ず生きてお戻り下さいませ。

――正しい戦争か。

こうつぶやいたとき、かたわらで踵を鳴らした者がある。

「？」

海軍生活何十年のベテランでもこうはいくまいと思わせる鮮やかな敬礼をしたのは、山田侍従であった。

「何処にいた？」

今まで見えなかったのである。気にしている暇もなかったせいもある。

「緒方艦長と各部署へ挨拶に廻っておりました。いやあ、いい方ばかりの艦ですね。それに天運に恵まれておりますぞ」

おまえが来ると危ねえぞ、と胸の内で悪態をついたが、自分でも迫力がないと思った。

山田はもう一度、敬礼し、もうにこやかにこちらを見ている司令塔要員へ、名前と身分を伝えて

から、

「こちらを失礼した後は第一艦橋へ参上いたします。何でもこの司令塔は、最も頑丈に造られているそうで」

興味津々たる眼差しを四方へとばした。

「ああ、十七寸(約五〇センチ)の鋼で覆われておる。〈長門〉の主砲を食らってもビクともせんぞ」

「失礼いたします」

こう言ったときはもう、予備の操舵輪と小さな観測窓のところに行って、

「これは非常に見づらい窓ですね。あれですか、生存率を高めるために?」

「そうだ」

と鬼神はうなずいた。この男に訊かれると、少しも面倒臭いと思わず返事が出る。奇妙としか言いようがなかった。

司令塔はもともと、昼間時《ちゅうかんじ》の戦闘指揮と通常航行を担当する第一艦橋及び、夜間戦闘の第二艦橋が戦闘で使用不能に陥った場合の臨時指揮所である。トップは副艦長——鬼神だ。操舵輪も、第一、第二艦橋のそれが使用不能になるまでは宝の持ち腐れになる。

山田は操舵輪を指でつつき、天測用の羅針盤を撫で、伝声管に、ああ、ああ、と小さく吹き込んでから、

「なるべく、ここが機能せずに済むよう願いたいものですな。では失礼いたします」

もう一度敬礼してから出て行った。艦橋にはエレベーターがあるが、司令搭はラッタル(昇降階段)で艦橋とつながっている。

司令塔要員の鶴田少尉が踵を揃えて、伺ってもよろしいでしょうか、と訊いた。彼を含めて司令塔、いや新旗艦の乗員の九割九分までが、鬼神の武勇伝しか聞いたことがない。挨拶も堅苦しくならざるを得ない。

　その右肩を強く叩いて、

「気を楽にしろ。おれは名前と顔は怖いが、鬼ではない」

「ありがとうございます」

　ますます固くなる鶴田へ、

「――で？」

「は。彼は何者でありますか？」

「自分で言ったろ。宮内省の一等侍従だ」

「それは建前ではありませんか？」

「どういう意味だ？」

「これは個人的な意見ではありますが、宮内省詰めとはとても思えません。我々よりも長いこと船に乗って修羅場を踏んで来たような気がいたします」

「気のせいだ」

やっぱりな。

「彼はあくまでも研修のために乗艦した宮内省の人間だ。おかしな先入観を持つな」

　鶴田のひと声で、みな納得した。


　怪異はその晩に生じた。

　石見二等水兵は駆逐艦〈吹雪〉の機関要員であった。彼は尿意を催すと、搭乗艦の船尾から海へと放尿する癖があった。

　凪が続いて最適の環境といえた。

〈吹雪〉の位置は艦隊の右側面後方に当たり、これより後ろはしんがりを務める〈如月〉しかいなかった。

　用を済ませると、石見は悠々たる気分で、〈如月〉を眺めた。距離は百メートルもあるまい。月光の下で、〈如月〉の艦橋の明かりと船体が良く見えた。

「ん？」

　と石見に声を上げさせたのは、〈如月〉の両舷の海面から突き出た蛸の足のようなものであった。

「何だ、ありゃ？」

　石見は新潟の海に面した村の出身であった。囲炉裏のそばで、枯れ枝の爆ぜる音を聞きながら、人も船も海中に引きずりこむ魔物の話を聞かされて育った。

　それが、出た。

「ああああ」

　次の瞬間、〈如月〉は巡航の姿を少しも崩さず、真っすぐ海中に沈んだ。基準排水量一三一五トン、全長一〇二・七メートルの鋼鉄艦は、奇怪な深海の拉致者の前に、三万八五〇〇馬力のエンジン出力も四門の一二センチ砲も成す術がなく永久に消滅したのである。

　海面が泡立ち、すぐ静かになった。それから、改めて巨大な水泡が噴き上がったが、それが途切れる前に、〈如月〉の消失も知らぬ連合艦隊はぐんぐんとその地点から遠去かり、泡立つ海面はすぐに見えなくなった。

　気がつくと、石見はベッドで震えていた。〈如月〉を海中に引きずりこんだ大蛸の触手が、自分も〈吹雪〉も同じ目に遇わせてやろうと追ってくる。その晩、石見は眠れなかった。

翌日、〈如月〉の消失は艦隊を混乱の渦に突き落とした。

だが、緒方艦長から全艦へ、〈如月〉は別命を帯びて離脱したとの説明があり、騒動は収まった。


放送の後、緒方は鬼神を艦長室へと招いた。

「うまく切り抜けられましたな」

感心する鬼神へ、緒方は額に手を当て、

「まさか、夜中に持っていかれるとはな。これからは、夜間も全艦に相互監視を命ずる」

「それで間に合うでしょうか？　〈如月〉は主砲一発、警笛ひとつ鳴らさず消えました。何が起きたのか、誰ひとり気づいた者はおりません。たとえ気づいても何も出来なければ同じことであります。そこで提案ですが、目的地に到着するまで、艦隊の周囲に〈零戦〉による爆撃や、各艦よりの雷撃を続けたらいかがでしょうか？　弾薬、燃料はマニラで補充できますから問題はないと思います」

緒方はすぐ膝を叩いた。

「良い案だ。司令長官の許可をいただいてすぐ、実行に移ろう」

「ありがとうございます」

「しかし、効果はあると思うか？」

「わかりません」

緒方はすぐ滝路連合艦隊司令長官にこの提案を告げた。効果はあるか？　と訊かれ、十分に、と答えた。大嘘つきになった気分だった。

十分後、〈零戦〉と駆逐艦の爆雷攻撃の立てる水柱は、あらゆる艦隊を濡れネズミに変えた。

「演習って、どういうつもりだよ？」

戦艦〈榛名〉の右舷甲板で機銃座についていた岸辺二等水兵が、雨合羽の頭巾を被り直した。

「なら、こっちだってドカンとやらなきゃ帳尻が合わねえだろ。右も左も爆雷の雨。零戦まで片棒をかついでやがる。これじゃあまるで、近寄るなって脅しだぜ」

「上にゃあ上の考えがあるのさ」

と隣の碧川二等水兵が言った。彼は機銃の装填役である。

「おれたちが文句言ったってはじまらねえよ。それにおまえ、今回の任務だって、世界に危険を及ぼす海中の危険物体を破壊しに行くってんだろ。米英独逸がお仲間なら心強いが、何だか不気味じゃねえか？　世界の海軍がひとつになろうってんだ。その危険物体って何だよ？」

岸辺が答えようとしたとき、彼らの後方から呼び声が上がった。

「海の中だ」

「何だ、ありゃ？」

別の機銃手の声である。

二人は立ち上がって、機関銃と甲板越しに海面を眺めた。

右舷の二〇〇〇メートルほどの海面を青黒い背鰭のような——いや、間違いようもない背鰭が〈榛名〉と並走中であった。

高さは甲板と互角——約十メートルだ。すると海中の大きさも、この旗艦と等しいのか？

警戒音が鳴り響いた。艦橋が気づいたのだ。マイクを通した声が降って来た。

「右舷に怪物体発見。各員戦闘配置につけ」

三八式や機関銃を持った甲板員たちがとび出して、舷側に並んだ。先行の旗艦と〈長門〉を除き右舷側の全艦艇が接近してくる。

巨大なる海中の異物は依然と並走を続けていた。

「乙型より入電」

新旗艦の第一艦橋で無線士がさけんだ。

「読め」

「本艦の周囲を多数の物体が浮上しつつあり、いま、本艦に衝撃。外部より強烈なる力が――。ここで切れました」

ただのでっかい魚じゃないのか？　みなこう思った。絶叫が上がった。

「あれは何だ⁉」

「バラけたぞ！」

岸辺と碧川――二人は機銃座につく前、もう一度背伸びをして、海面を眺めた。

背鰭の周囲におびただしい小さな背鰭が水を切っていた。十や二十ではない。百――それ以上だ。千？　いや二千。

甲板上の誰ひとり発砲できずにいるその瞬間、それは水の尾を引いて空中に躍り出た。

人の形をしている。それだけを見取らせて、そいつらは甲板に、艦橋に、機銃座にとびついた。

# 第十章　波高し

## 1

伝声管から鬼神へ、呻くような緒方の声が届いた。

「見たか、あれを？　〈深きものたち〉だ。〈陀勤〉の走狗だ。〈榛名〉に取りついて何をするつもりだ？」

「いや、〈吹雪〉にも〈弥生〉にも、——全艦に付着しております。全く——何を？」

銃声が起こった。

甲板員や機銃屋が掃討を開始したのである。

「やったぞ！」

ほとんどヤマ勘射撃が、海中から躍り上がった奴を三、四匹吹っとばした。大戦果だ。

だが、米英の弾帯《ベルト》銃弾方式とは異なり、日本艦の二五ミリ機銃は、十五連の箱型《ボックス》の弾倉《マガジン》の入れ替えにより射撃を行う。連射の間に空隙《くうげき》が生じるのだ。

「よっしゃ」

碧川が装填し、凄まじい苦鳴を友にのけぞった。

その身体を引き倒すようにして、奇怪なものが現れた。

全身に青緑の鱗を散りばめ、頭から首すじ、背中にかけて、あの巨大鰭そっくりの鰭が美しい線《ライン》を描いている。顔から口にかけては異様に突き出し、おかげで分厚い唇を持つ口は左右に裂けて、鋭い牙が剥き出しだ。手には勿論水掻きと鹵よりも鋭く頑丈そうな鉤爪が付いている。爪は碧川の血で真っ赤だ。

「化物があ。お祖母ちゃあん」

お祖母ちゃん子の岸辺が思いきり機銃座を廻した。焼けた銃身は容赦なくそいつの顔にぶち当たって黒煙を立てた。この世で最も聞きたくない叫びを上げて、そいつは甲板に落下した。銃声が轟き、何匹もの化物が甲板に倒れ、落ちて来る。

「お祖母ちゃん、ありがとよ」

岸辺の身体が大きく右に傾いた。

いや、艦が揺れたのだ。海は凪いでいる。

岸辺は見た。みなが見た。

化物どもは艦の右舷部分にのみぶら下がっていた。そいつらがおもいきり体重を後ろにかけた。

そして戻し、またかける。

そのたびに三万二〇〇〇トンの〈榛名〉が震え、一万四〇〇〇トンの〈高雄〉が傾き、一万三〇〇〇トンの〈妙高〉がゆらぎ、一三一五トンの〈睦月〉と〈弥生〉がわななくのだ。水中から空中へと跳躍する奴らが巨大な重量を誇るはずはない。これはいかなる技術、いかなる魔力か。

だが射てない。空と海と陸への攻撃は怠りない戦闘艦群も、自らに張りついた敵は如何ともしがたく、同胞艦にも成す術はなかった。

「ああ、〈睦月〉が！」

右舷から傾いた駆逐艦は、そのまま戻らず横転した。さらに傾き船底をさらすや、前部砲塔あたりから凄まじい炎が上がった。爆発音が四海をどよもした。砲弾が天井に落ち、頭部信管が発火、誘爆したのである。

〈弥生〉が後を追った。二つ目の火球が太平洋に広がった。

鬼神は伝声管に走った。

「艦長——無事な艦に、取りつかれた艦への機銃掃射をお命じ下さい」

返事はすぐに来なかった。

味方を射つ。この途方もない一策に、さすがの緒方も躊躇したに違いない。

だが、判断は早かった。

「〈赤城〉は甲板上の艦載機をすべて発進、魚怪を機銃掃射せよ。他艦も続け！」

電文が走った。

だが、零戦は間に合わない。旗艦は後方に続く〈榛名〉を射てず、方向転換する時間はなかった。左舷斜め後方の〈長門〉が一気に速力を増して〈榛名〉の横へ出るや、猛討を浴びせた。

艦橋に砲塔に煙突にしがみついた異形たちが、たちまち青黒い血の霧をまとって落下する。

〈高雄〉と〈妙高〉には〈榛名〉の機銃弾が吸いこまれた。船体は不気味な血の色に染まったが、敵は次々に海中から躍り出てむしゃぶりつき、怪異なゆさぶりを仕かける。

〈妙高〉が大きく傾き、水に突っ込んだ。爆発はせず、水面を泡立てつつ没してゆく。

突然、そいつらは宙に舞った。

黒い蠅《はえ》どもがぶわっととび立った。ただし、水中へ。水煙が大洋の一角を埋めた。

ふり戻った〈榛名〉の立てる水柱が巨体を隠した。〈高雄〉も復元している。

〈長門〉と旗艦の甲板から雄叫びが上がった。

敵が逃げたと思ったのだ。

それに押されるかのように、〈榛名〉の右舷百メートルほどの海面が盛り上がった。

鬼神はそれを見た。

緒方もそれを見た。

「ダゴン」

と放ったのは彼らではなかった。

緒方が後方の山田侍従をふり返った刹那、若者の瞳はその名を持つ怪異を映した。

〈榛名〉の前甲板へ躍り上がった下肢は、奇怪なる古代形状の鱗と鰭で覆われた魚のそれだ。信じられぬほど巧みな体重移動で、二〇メートルは下らぬ上体のバランスを取りながら、魚にはあるまじき豪腕を鋼鉄の艦橋に叩きつけた。

血を噴いた。

当然の結果だと、見ている誰もが思い、あっと叫んだ。

艦橋がひしゃげたのだ。三六センチ砲の一撃も撥ね返す鋼の装甲が飴のようにつぶれた。観測窓も直撃を食らったか、人影が幾つも落ちていく。

「射《て》ええ」

と全員が叫んだ。魚怪は副砲塔の上に立ち〈榛名〉には手の打ちようもなかった。

応じたのは、またも〈長門〉だった。

距離は五〇〇もない。四〇・六センチ二連装四門——うち前方の二門が火を噴いた。外れっこない。〈ダゴン〉の首から下は炎と黒煙に包まれ、衝撃が汚らわしい鱗と肉を吹きとばした。とび散る血が〈榛名〉と海を染めた。

「落ちるぞ！」

魚怪はのけぞり、引かれるように落ちていった。

右手の爪が〈榛名〉の艦橋にかかった。火を吐く身体が体重と——奇怪な力で巨艦を引いた。

ああ、かしぎ、傾き——戦艦は横転した。

「眼を覆え！」

鬼神が叫んだ。

三〇〇トン近い弾薬が炸裂した。灼けた鉄と衝撃波が艦隊を襲った。〈長門〉の甲板に残っていた兵士は四肢も首も腿もさばかれ、のしいかのように壁に叩きつけられて内臓を吐いた。

波が渦巻き海は発狂した。

断末魔の水柱が炎と黒煙を呑んで海中に没すると、後には油と妖血に汚された海面だけが残った。

戦艦〈榛名〉、重巡〈高雄〉、〈最上〉、駆逐艦〈吹雪〉、〈夕月〉の姿もない。これは後で判明したことだが、七隻の潜水艦もまた姿を消していたのである。

連合艦隊——残る戦艦二、空母一の三隻のみ。

「何ということだ。自分は——夢でも見ているのか？」

それは新旗艦艦長・緒方中将の声であった。

双眼鏡を下ろすと、彼は膝から床に崩れ落ちた。

「艦長殿」

「船医を呼べ」

司令塔の鬼神より船医が先に到着した。

かたわらに立つ司令長官に敬礼してから、

「船医殿——容態は？」

皺深い顔が横にふられた。低い声が、

「急性の脳溢血だ。手の打ちようがない」

「鬼神」

と呼ばれた。この嘘つきめ、と船医を殴りつけたくなるほどしっかりした声であった。

「鬼神参りました」

とかたわらに膝をつけた。

「この艦と――艦隊の指揮はおまえに委ねる。よろしいですな、司令長官殿？」

滝路司令長官がうなずくのを確かめ、緒方は敬礼しようとしたが、滝路はよせと止めた。緒方は声をふり絞った。

「奴を見たな、鬼神？　ご覧になりましたな、司令長官殿？　みな、見たな？――あれが、自分たちの敵だ。悪いが、おれは先に戦場を離脱する」

艦長殿と何人かが叫んだ。すすり泣きが起こった。土気色の顔が言った。

「――勝て、鬼神。あんな化物に――この星を渡すな。おまえの名前が――守ってくれる」

「確かに。――後はお任せ下さい」

言い終わったとき、すでに緒方が逝ったことに、鬼神は気がついた。

船医が脈を取り、瞳孔を調べて死亡の確認と死亡時刻を告げた。

見開いた瞼を船医が閉じ、鬼神は立ち上がり、滝路司令長官に姓名階級を告げて敬礼し、

「指揮を執らせていただきます」

と言った。

「よろしく頼む」

それから艦内放送のマイクを取って、艦橋要員

に向かい、

「副艦長の鬼神だ。緒方艦長の急逝により、以降、本艦の指揮は自分が執る。副艦長は鶴田少尉である。よろしく頼む」

敬礼が交わされた。

救護員と艦橋要員が遺体を運び出してから、鬼神は山田に、

「艦長殿の眼は、最後におれではなく貴君を見ていたようだ。頼んだぞ、とな。期待に背かぬ働きを期待する」

「ありがとうございます。ですが、ご期待にそえるかどうかは自信がありません」

「とにかくマニラまであと丸一日だ。次はどんな奴らがどんな手を打ってくるのか見当もつかん。乗艦した以上、全力を尽くして貰うぞ」

「出来ることなら何でも」

山田が淡々と応じたとき、滝路司令長官が鬼神を長官公室へと招いた。

鶴田に後を託して、鬼神はエレベーターに乗った。

司令長官の話は勿論、次の攻撃と対応策についてであった。

「臨機応変に対処するしかありません。ですが、必ず勝利します」

「さすが鬼神大佐。頼もしい。現在の状況をあれこれ言ってもはじまらん。こうなった以上、艦隊の運命と任務の完遂は君の手にかかっている」

よろしく頼むぞ、と言われて、鬼神はお任せ下さいと応じるしかなかった。

長官公室を出ると、警備要員の他にもうひとり

立っていた。

「何をしている？」

鷹のような眼差しに、山田侍従は柔らかな笑みで答えた。警備員の眼が届かないところまで歩くと、

「自分の部屋で少し話しませんか？」

「よかろう」

胸中の重いものが、やや軽くなるのを鬼神は感じた。

狭い部屋の窮屈な椅子に鬼神をかけさせ、山田はベッドに腰を下ろした。

「いかがです」

と胸ポケットから取り出したのは、封を切っていない「ラッキー・ストライク」だった。

「舶来品か。宮内省もやるな」

「お持ち下さい」

「いいのか？」

「自分は喫《す》いません」

「ありがたいが、これ一本にしよう」

卓上マッチで火を点けると、一服喫って、青い煙を吐いた。日本煙草《たばこ》とは比べものにならない濃厚なニコチンと香辛料が肺から全身を巡っていくにつれて、人心地がついたような気がした。

「人心地がつきましたか？」

山田がずばりと突いて来た。この野郎と言ってやりたい気分だった。

「——何とかな」

「敵は——〈ダゴン〉はまた来ます。魔性の傷はす

ぐに癒える。そして、与えられた痛みは憎しみを増幅させます。艦隊の行く末を考えたくなくなりました」

「打つ手はあるのか？」

「我々には何も」

「誰なら、ある？　例の阿蘭陀人はどうだ？」

「自分には何とも。だが気になることが」

「——何だね？」

「我々だけを襲うとは考えにくいのです」

「——他国の艦隊もか⁉」

山田はうなずいた。

「そして、彼らにも対抗手段があるとは思えません」

「恐らく、目的地へ向かっているのは、〈ミズーリ〉、〈プリンス・オブ・ウェールズ〉、そして〈ビスマルク〉他だ。いかに〈邪神〉といえど——」

「〈榛名〉は転覆し、〈高雄〉も〈妙高〉も跡形もありません。〈長門〉の主砲を受けても、ダゴンは死にませんでした」

「この艦ならどうだ？」

「わかりません」

「なら進むしかあるまい。〈神〉をも斃せると信じてな」

鬼神はもう一服してから、

「昨夜の〈如月〉の消滅も、CTHULHU のしわざだろうな？」

「間違いありません」

「鮮やかさから見て、今日と同じやり方をしたとは思えんし。なぜ違いがある？」

「CTHULHU の意思によるものではないからで

す。恐らく、多様な抹殺手段を見せて、我々を脅かすつもりなのでしょう。人間のやりそうなことですな」

鬼神の眼が光った。

「それなら、自分たちにも先が読める——ということか」

「左様で」

山田の声も低い。

## 2

「貴公がCTHULHUの一派なら、どうする？」

「CTHULHUの恐怖は十分に味あわせました。後は艦隊決戦でしょうな」

「ふむ。そのこころは？」

——真っ向勝負か
「艦長のお考えのとおりです」

鬼神は苦笑してから言った。

「正攻法の戦いで我々が敗れれば、たとえ残存兵力があるにせよ、精神的な打撃は途方もないものになる。地上のあらゆる人間、国という国が、海底の〈神〉には勝てぬと心魂に徹する。後はどんな兵器を開発しようが敗北しかあるまい。そうさせてはならん」

「仰るとおりです。少なくとも精神《こころ》の敗けを喫する前に、眼前の敵を完膚無きまでに叩きつぶさなくてはなりません。今回の作戦がどのような形で終わるにせよ、CTHULHUとの戦いは長く長く続くでしょう。事によれば、地球という名の星が宇宙から消えるまで。ですが、結果がどう出ようと、反抗の記録は宇宙に残ります」

「宇宙にか」

改めて、鬼神はこの侍従は何者かと思った。

「反抗で終わるか勝利を得るか、それはわかりませんが、自分はこの星の生命そのものが、自分たちの航海を見つめているような気がします」

「ふむ。我々は考える以上に重いものを背負っているわけか」

こう口にしてから、その心情に鬼神は驚いた。おれはこんな話に同調するほど弱い人間になってしまったのか？

しかし、怒りは湧いて来なかった。

「過度の使命感は大空を仰がせても路傍の小石をたやすく見失わせます。つんのめったところを車に轢かれてはなりません。戦う以上は勝つ——これくらいにしておきませんか」

鬼神はしみじみと穏やかな顔を見つめて、

「貴公は——軍人か？」

と言った。

「宮内省でございます」

「あそこは狸を飼っておるか。それもとびきり頭の切れる奴を」

「はは」

山田は軽く後頭部を叩いた。認識はあるらしい。


二人の読みどおり、その後、大洋は穏やかに道を開け、三隻を支障なくマニラへと導いた。

補給には三日の予定を設けていたが、鬼神は司令長官の許可を得て、二日に詰めた。CTHULHU

一派の妨害を懸念したのである。

はたして、それは的中した。

夜間のうちに、旗艦の主舵が破壊されてしまったのである。波音ひとつでも聞き逃すまいと、艦上にも桟橋にも夜通し警備員が眼を光らせていた状況下での工作であった。

「やはり——海は油断ならんな」

鬼神は山田を呼んで言った。

「恐らく、本艦に怖れを抱いた一部の者の先走り工作だろう。修理には丸二日を要する。〈長門〉と〈赤城〉は今日中にシドニーへ発つ。貴公は〈長門〉に乗船して貰いたい」

「ほお」

と応じた後で、山田は敬礼した。

「承知しました。山田侍従、〈長門〉へ移乗いたします」

「自分も必ず行く」

「わかっておりますとも」


翌日の昼、補給を終えた〈長門〉と〈赤城〉は白波を蹴立てて発った。二艦は翌々日の朝、シドニー沖に投錨した。

先に到着した英米独の陣容をひとめ見て、〈長門〉艦長、矢野秀雄大佐は愕然となった。

英吉利は〈プリンス・オブ・ウェールズ〉のみ。亜米利加は〈ミズーリ〉他、空母〈レキシントン〉、独逸は〝不沈艦〟〈ビスマルク〉のみが、寄せる水を撥ね返している。

そのどれもが、ところどころに洗い流した青黒い血の名残をこびりつかせて、砲身はすべて発射薬のカスで黒々と染まり、連合艦隊と等しい修羅の戦いを終えたと物語っていた。

その日の晩、〈プリンス・オブ・ウェールズ〉の作戦会議室で行われた艦長会議では、亜米利加が随行の戦艦〈サウスダコタ〉と重巡〈クインシー〉、〈シカゴ〉、駆逐艦〈モンセン〉、〈ブキャナン〉、〈ヒューズ〉を失い、英吉利が戦艦〈フッド〉、〈キング・ジョージ五世〉及び重巡〈サフォーク〉、〈レナウン〉、駆逐艦〈エレクトラ〉、〈エキスプレス〉及び空母〈アーク・ロイヤル〉、独逸はなけなしの巡洋戦艦〈シャルンホルスト〉と〈グナイゼナウ〉が海の藻屑と消えた凄まじい現状が伝えられたのである。

その状況がまた奇々怪々。亜米利加部隊は全艦が別々に生じた大渦に巻き込まれて沈没、英吉利海軍は水中から現れた大蛸、大烏賊と思しき触手に海中へ引きずりこまれ、独逸の二艦は急降下してきたプロペラ無しの戦闘機の爆撃を受けて撃沈されたのであった。

矢野艦長と山田侍従を驚かせたものは、海魔が糸を引く大渦巻きや触手よりも、奇妙な戦闘機の一件であった。

詳しく訊くと、いかなレシプロ機も及ばぬ速度で舞い下りるや、爆弾を投下し、急上昇に移った。独逸空軍得意の一撃離脱方式である。攻撃は第二波まで行われたが、初回の爆弾で手傷を負っていたにせよ、即座に対応し砲火を準備した二度目の攻撃においても、人間による射撃では到底追い切れない飛行速度であったという。

「翼の下に二基、風洞のようなものが。あれがジェット・エンジンでしょうな」

と〈ビスマルク〉艦長、リンデマン大佐は眉をひそめた。

「しかし、世にあのような機体が存在するでしょうか。ヘル・矢野、ヘル・山田。胴体も翼もフジツボで覆われている戦闘機などというものが？」

その日、早急に論じなければならぬ議題は、残存兵力によってCTHULHU及びその一派を壊滅し得るか否かであった。

亜米利加は不可能だといい、撤退も考えていると告げた。

英吉利も同様であり、独逸と日本のみが、攻撃続行を主張した。

英吉利の艦隊長官トーマス・フィリップス中将は、このままでは目的地に着く前に、残りの艦も全滅する恐れがあると言い、貴重な艦と将兵とを無駄死にはさせられないとテーブルを叩いた。米艦〈ミズーリ〉のウィリアム・キャラハン艦長も同感だと宣言。これに対して、独逸艦〈ビスマルク〉艦長エルンスト・リンデマンは、最後の一兵になろうと任務を果たすのが軍人の職務であり、戦わずして背を向けるのは軍服を着た臆病者であると、それこそ宰相ビスマルク以来の鉄血の弁を奮った。

とどめを刺したのは日本の矢野艦長であった。

彼は、世界はなおCTHULHUの脅威を理解しておらず、我が国を含めて各国が派遣した艦は老朽艦も多く、艦数も大幅に少ないと一同にそっぽを向かせた上で、我々に与えられた任務は国同士の争いではなく、この星の命運に関わる重大事であり、敗北は人類という種の滅亡だと説いた。思うに大宇宙における星の生誕には物理的常識を超えたものがあり、生命とは決して邪悪なる意志や手段で誕生と発展を阻まれてはならない。それを守るためにのみ戦いは是とされるのであって、自分は軍人として真の戦いに、今回はじめて身を置いたと実感している。敵の力を真に知る者は戦う者以外におらず、我々は身に沁みてそれを理解した。そして策はある。

全員が愕然となり、その開陳を求めたが、間諜の眼無し耳無しと明言し得るやと、矢野は拒否した。

〈長門〉に戻ると、矢野は山田侍従と艦長室へこもった。

「駄目かと思ったが、亜米利加も英吉利もよく出撃に同意しよったな。駄目なら〈ビスマルク〉だけが味方だ。正直、勝ち率は低くなる」

「お見事な熱弁でございました」

山田は微笑した。

「みな、貴公の受け売りだ。しかし、宇宙と生命か。世の中には色々なことを考える男がいるものだ」

「恐れ入ります」

矢野は手首で首すじを叩いて、

「策があると言ったぞ」

「はい」

「本当にあるのか?」

「ございます。お話はできません。この〈長門〉にさえ敵の影が忍んでいないとは断言できませんもので」

「わかった。では、明日が戦いの日だぞ。もう休め」

山田は艦長室を出てから、甲板へ上がった。

手すりにもたれて風に吹かれた。

街灯と窓の光が、異国の街を昼間とは別の幽玄さで飾っていた。街路を人が歩き車が走り馬車が行く。豪州に敵国の軍艦ともども浮かんでいることを、山田は極めて自然に受け入れていた。

船の周囲は豪州の兵士が警備に当たっている。少し離れたところで、こちらを見上げている子供たちの一団が眼に入った。手をふると、一斉にふり返してきた。みな七、八歳だろう。亜細亜の奥地で彼らの父たちと戦う敵国の軍艦も、憎しみをよく理解できない幼い精神《こころ》には、好奇と感激の対象なのだ。


「みんな、あんな子供たちを守るために戦っているのだが——どこで間違ってしまうのかな」

後部から重いエンジン音が伝わって来た。子供たちが歓声を上げてそちらへ走る。

彼らが見るのは、〈長門〉の大スクリューが泡立てる海水の奔騰《ほんとう》だ。〈深きものたち〉の妨害工作を避けるべく、不定期に回しているのである。

右から足音と気配が近づいて来た。

「グッド・イブニング」

右隣に来た。

「今晩は、ミスター・ラインスター」

と山田は英語で応じた。

「ほお」

六尺豊かな亜米利加人は肩をすくめた。パイプを手にしている。山田の英語の流暢さに恐れ入ったのだ。

マヒュー・M・ラインスター少佐。

目下、〈ミズーリ〉広報要員。会議の前に亜米利加側からの要求で、後学のために〈長門〉にやって来た。こちらからもひとり行かせている。無論、一種の間諜には違いないが、当人は至極真っ当な、純粋な好奇心と知的興味で乗船を希望したに違いない。

「いよいよ、明日ですな」

ラインスターはシドニーの街を眺めた。

「この時間だと、丘の高射砲台も、サーチライトも見えない。下の兵隊と軍のジープに眼をつぶれば平和なものです」

「全くです」

と山田。

「私たちの国は交戦状態です。それなのに、私は何の危険もなくあなたの国の船にいる。不思議だと思いませんか?」

「自分は戦争自体を不思議だと思っています。つましくやれば、人間、自分の国だけで何とかやっていけるはずです。だから国が出来たのです。それなのにちょっと欲を出すと、途端に大砲だ、軍艦だという騒ぎになる。どうして人間というのは普通のことが出来ないのでしょうか? 朝出会って〝おはよう〟と言い交わす。夜は〝今晩は〟です。食事の都合がつかなければ、隣へ行って〝貸してもらえないか〟と頼みます。向こうがそう言って来たら〝いいとも〟と少し無理しても都合をつけてやればいい。貴国ならパンとスープか。頭を下げるか、握手をしてすべては丸く収まります。

それだけのことです。それがどうして出来ないのか？　他人の土地へ足を踏み入れて、居すわれば誰だって怒ります。だから、こういう事情で土地が必要だ、譲ってくれたまえ、只とは言わん。後は交渉次第、ありがとう、どういたしまして。うまくいかなかったら、次に会ってもそっぽを向いていればいいでしょう。国同士になると、どうしてそれが出来ないのか？　自分にはさっぱりわかりません」

「私にもわかりません。それは政治家の仕事です。しかし、現在《いま》はあまりにも彼らの質が悪すぎます」

「そのとおりです。いまあなたは交戦国の船に乗っている。だが、誰もそれを不思議と思いません。これが本当です」

「ですが、この世界では異常事態ですよ」

「全くです」

山田は笑い出した。苦笑ではなかった。腹の底からの笑いだった。

「奥さんはいるのですか？」

ラインスターが笑みを含んで訊いた。

「ひとり、ね」

「はは。私もです。故郷はカンサス州アビリーン。そこで私を待っています」

「アビリーン？」

「そうです。この間、おかしな事件がありました。これです」

厚めの唇が、奇妙な音を夜に押し出した。

「TEKERI-RI？」

「そうです。ある人物がこの音を発するゼリー状の怪物に襲われたと言い張っています」

「ほお」

「彼を救ったのは一発のナパーム弾でした。おかげで近所の森がひとつ丸焼けになり、旧国道は一週間も通行禁止になりましたが、誰が落としたのかわかりません。救われた人物も見ていません」

「色々とあるものですな。奥さんはお幾つです？」

「日本人はこれだから困ります。女性に年齢《とし》を訊くとひっぱたかれますよ。十九です」

山田は眼を閉じた。

「聞くんじゃなかった。生きてお帰りなさい」

「勿論です。CTHULHUとやらに殺されない限りは」

「その後は日本軍です」

「亜米利加が勝ちます。絶対に」

「日本も勝ちます——多分」

「とりあえず、CTHULHUを斃しましょう」

「そうですね、幸運を祈ります」

「あなたにも」

山田は片手を上げてそこを離れた。

## 3

翌日の正午近く日米英独——正しく連合艦隊は、南太平洋の一地点にあと二十五海里（約四六・三キロ）の地点に差しかかっていた。

「あと一時間で〈ルルイエ〉だ」

矢野艦長の声からは緊張以外の要素がすべて

削り落とされていた。

　後方に立つラインスターが身を固くし、隣の山田もさすがに表情がない。ラインスターの乗船は、最初の取り決めでこの戦いが終わるまで継続される。

　空は青空と雲。海は凪いで、あまりにも尋常だ。

　陣容は先頭に〈長門〉を置き、その左舷一キロ後方に〈ミズーリ〉、右舷同位置に〈プリンス・オブ・ウェールズ〉。〈長門〉の真後ろ二キロの地点に〈ビスマルク〉。その右舷に空母〈レキシントン〉、左舷に〈赤城〉が波を切る。

　順序はくじ引きで決めた。艦長全員が先頭を求めたのである。

　双眼鏡を目に当てていた監視要員が叫んだ。十二時七分二十三秒であった。

「前方に船影見ゆ。距離――三万四〇〇〇」

　矢野も首から下げていた双眼鏡を当てた。山田とラインスターは観測窓に近づいた。

　水平線上に、黒い影がはっきりと見えた。

「十隻――国旗は英吉利、亜米利加、独逸であります。いや――いや――日本！」

「〈榛名〉と〈赤城〉」

　矢野がつぶやき。

「我が〈長門〉」

　と山田が締めた。彼はラインスターを見た。

「〈サウスダコタ〉――沈んだはずなのに。〈レキシントン〉――航空隊も無事だ。あとは〈ニュージャージー〉か〈ウィスコンシン〉」

　もう一度、眼を皿にして、

「いいや、〈ミズーリ〉だ」

「他の船名はわかるか？」

矢野が監視要員に訊いた。

「前方左より、英戦艦〈フッド〉、同じく〈キング・ジョージ五世〉、空母〈アーク・ロイヤル〉――そして、〈プリンス・オブ・ウェールズ〉。そのまま独巡洋戦艦〈シャルンホルスト〉、同じく〈グナイゼナウ〉――〈ビスマルク〉であります」

艦橋のすべての眼が山田を映した。

だが、その識別力に驚く代わりに、眼はこう言っていた。嘘をつけ、と。水平線に浮かぶ影が、海の藻屑と化した艦のみならず、自分たちの搭乗中の現存艦まで含まれているなどと。船幽霊ならまだいい。だがそれじゃあ、オレたちのほうが幽霊かも知れないじゃないか。

また監視要員が叫んだ。


「霧です。凄まじい濃霧が前方からやって来ます。それに――目視不可能になる恐れがあります」

矢野と他の要員はあわてて観測窓を向き直ったが、窓外はすでに乳白色に染まっていた。

どの船にもレーダーはない。一触即発の海域は、突如、盲目の戦士たちの競技場《コロッセウム》と化した。

「全員戦闘配置につけ」

矢野の指示を、要員が艦内放送用のマイクに伝える。じき艦内には足音とかけ声と緊張が騒ぎ出す。

「これでは測距儀も使用できん」

矢野艦長が窓の外を貫くように凝視しながら言った。

「目視を怠るな。少しでも何か見えたら、すぐに報告――」

激しい揺れが言葉を途切れさせた。

みな、かろうじてバランスを取り、何だ今のは、と観測窓に寄った。

霧の向こうに――

「敵艦だ!?」

要員が電流に打たれたように後退した。

「窓の外――さ、三〇〇メートル前方！　な、〈長門〉！」

山田は退《ひ》かなかった。眼を疑いもしなかった。〈長門〉だ。こう思っただけだ。

「〈ミズーリ〉も――〈プリンス・オブ・ウェールズ〉も――〈ビスマルク〉もおります！」

先刻のゆれは数万トンの船体が一気に浮上したせいに違いない。

「これは――フジツボだらけだ。どういうわけです？」

ラインスターが訊いた。もう落ち着いている。こりゃ司令長官の器だな、と山田は思った。

「多分、海の底に沈んでいた船の船体を加工したんだな。他の船もそうだ。それはいいが、二十海里以上先から、いきなり眼の前とくるか。そっちのほうが厄介だぞ」

「水びたしなのは、潜水してきたのでしょうか？」

「雨は降ってなかったからな」

「ははは」

艦橋内に響くのは二人の声だけであった。別の声が加わった。

「敵艦より入電」

通信士が矢野に電文を手渡した。

ヨクココマデ来タ　ダガ　モウ戻レヌ　海ノ藻屑トナレ

激怒が矢野の全身を震わせた。彼は立ちすくんだ。

しかし、距離はすでに一〇〇メートルに迫っていた。射てば死なばもろともになる。

敵は――射つ。

戦慄が艦橋を埋めた。

不意に新たなゆれが一同を襲った。海の男達が、思わず、うお、と驚愕の叫びを放ったほどの凄まじさであった。

全員が右下へと雪崩を打ち、その途中で戻ってきた。床や壁に激突して左へ。そこでまた右へと落ちていく。

山田は矢野にとびついて右手を胸に廻した。左手で羅針儀近くの伝声管を掴んだ。

足を引かれた。ラインスターが右足首にしがみついている。眼が合うと、にこりと笑った。いい度胸だ。礼儀もわきまえている。

もうひと揺れ来る、と思ったら、急に収まった。

矢野を放し、ラインスターの手を蹴とばした。オーノーを無視して立ち上がるや、監視窓に駆け寄った。他の要員も後に続く。

海原はゆれの名残を凄まじいうねりに残していた。

敵艦――〈長門〉は影も形もなかった。他のフジツボだらけも消えている。

「何事だ？」

矢野の声が一同の——全艦隊の思いを代弁していた。

「敵艦隊が一斉に沈んだのです」

と山田が言った。

「このゆれはその時に生じた大波によるものでしょう。脅しは済んだというわけです」

それは全員が納得するしかない解答であった。

乳白の色が急速に青へと変わっていった。

「霧が晴れたぞ！　索敵」

矢野は通信要員をふり返った。

「〈赤城〉へ打電。偵察機——いや、全機発進させて、上空から警護せよ。敵艦影を補足次第攻撃。以上だ」

通信要員は、それを正確に復唱して、打電いたします、と背を向けた。

「敵艦見ゆ！」

監視要員が叫んだ。

「発見時と同じ位置、三万四〇〇〇メートル前方」

船影が光った。

「発砲！」

「取り舵いっぱい」

矢野が叫んだ。

「目標〈長門〉〝怪〟。第一、第二主砲射て！」

ついに〈長門〉が吠えた。この瞬間から敵艦にはすべて〝怪〟が付けられることになる。

矢野の指令は射撃指揮所に送られ、測距の後、主砲塔へ——発射はそこで行われる。

全艦の周囲に水柱が上がった。敵は一斉に砲門を開いたのだ。

〈ミズーリ〉の後部砲塔が火を吹いた、砲弾は口径四〇・六センチ。目標は〈ミズーリ〉〝怪〟。

「〈ミズーリ〉被弾」

伝声管から悲鳴に近い声が上がった。防空指揮所からのものだった。

「〈プリンス・オブ・ウェールズ〉被弾」

「おのれ、CTHULHU」

矢野が拳を握りしめた。

「〈ミズーリ〉〝怪〟、〈サウスダコタ〉〝怪〟発砲。狙いは本艦です」

「全速前進」

「〈ミズーリ〉〝怪〟被弾。命中です」

言い放った途端、凄まじい衝撃が艦橋を震わせた。司令塔の上部に四〇・六センチ砲弾が命中したのである。司令塔は何とか持ちこたえたが、より防禦の薄い艦橋はこらえ切れなかった。外板こそ破壊されなかったものの、内部のあらゆるものが宙に舞った。

全員が倒れ伏した艦橋内で、山田が真っ先に立ち上がった。柔道の受け身が効いたらしい。かたわらでラインスターも起き上がった。こっちはタフが身上だ。

「無事か?」

「ご心配なく」

と答えた亜米利加人は、左腕がだらしなくぶら下がり、右のこめかみから太い血の帯を垂らしている。山田も左の肋骨が猛烈に痛んだ。触ると世界が白くなった。折れている。

羅針儀に身をもたせかけたとき、轟きとともに艦が揺れた。応戦中なのだ。

山田は矢野艦長の下へ走った。失神していた。
〈長門〉はあまりにも早く、そのリーダーを失ってしまったのだった。

# 第十一章　巨艦翔ぶ

## 1

〈長門〉は燃えていた。〈ミズーリ〉も〈プリンス・オブ・ウェールズ〉も黒煙をあげ、海上をのたうちながら、消火に努めていた。

その頭上をエンジン音を羽搏《はばた》きのごとく鳴り響かせて、二百機の機影が水平線の彼方へと飛び去っていった。

空母〈赤城〉から発艦した〈零戦五二型〉と〈レキシントン〉が放った〈グラマンF6F〝ヘルキャット〟〉であった。半数が四五〇キロ爆弾を搭載し、残りは空戦を担当する。

「他人の船をコピーするなんざ、おれの国を舐めやがって。ジャップの本物を沈められねえのは残念だがまがいものは真《ま》っぷたつにしてやるぜ」

〈ヘルキャット〉の操縦席で、ミラード・シェルビンソン中尉は歯を剥いた。真ん中が欠けている。出動前に前歯を一本抜いた。義歯が合わず、抜きっ放しで出動した。みな黙っているが、見えないところで大笑いしているに違いないと思い、艦内ではやたら不機嫌であった。敵への八つ当たりこそ待ち焦がれていたチャンスだった。

怒りは前方の雲間から現れた機影を見付けた途端に消滅した。新しい八つ当たり先を見つけたのだ。

「敵機発見！」

隊長機から入電――しかし、あいつは味方だ。

〈ヘルキャット〉だぞ!!

今は〈ヘルキャット〉〝怪〟である。それは胴体と翼を埋めつくすフジツボと海草から看做し得る。

だが、さすがに同型機を攻撃していいものか、誰もがためらったその隙に――

風防に弾痕が開いた。飛行帽のてっぺんが持っていかれる。ミラードは急降下に移った。視界の隅で一機が火を噴いた。

「野郎《ガッデム》」

悪罵を闘志に変えて、彼は〝怪〟船へと走った。

バックミラーを見た。二機追ってきた。〈ヘルキャット〉〝怪〟だ。

「裏切り者《もん》があ」

爆弾を積んでいる分、遅い。護衛役は何をしているのかと怨んだ。それでも〈零戦《ゼロ》〉ならふり切れる。一一三〇馬力VS二一〇〇。時速五六五キロに対して五九八キロだ。だが――同じ〈ヘルキャット〉では。右翼にタタッと黒点が生じた。

「畜生め」

ふり向いた二〇〇メートルほどのところにいた。フジツボだらけの機首が笑っているように見えた。パイロットはいる。いるが顔は見えない。

突然、敵は火を噴いた。

「おお!!」

黒煙を引いて墜ちていく〝怪〟機の上で、日の丸が反転した。

――おれは、ジャップに救われたのか!?

右方からさらに二機、まがいもの〈ヘルキャット〉が銃火を浴びせて来た。その上空をさっきの

「零戦五二型」

〈零戦〉がかすめるや、一機が火を噴き、もう一機が急降下に移った。

見ている暇はない。前方に敵艦が見えた。〈ミズーリ〉〝怪〟である。他のはねえかなと眼を凝らしたが、これが一番近い。

「悪《わり》いが、貰うぜ」

左右で対空砲火が炸裂した。衝撃が機体をゆする。

「阿呆、こちとら軽くて頑丈が取り柄だぜ」

距離が取れた。急降下に移った。

「くたばれ、フジツボ野郎」

〈レキシントン〉〝怪〟の甲板右舷ぎりぎりで急上昇、——同時に落とした。

ふり返ると、甲板のほぼ中央に炎の花が毒々しい花弁を開きつつあった。

「ぐわっはっはっはっは」

笑いながらも妙な気分だった。

——いよいよミラード・シェルビンソンの本領発揮だ。〈零戦《ゼロ》〉も〈ヘルキャット〉も、まがいものはまとめてぶち落としてくれる。

背後から衝撃が全身を叩いた。

ふり向くと、フジツボ〈ヘルキャット〉が炎に身を捧げつつ墜ちていく。

風防の左に、ぴたりと〈零戦〉がついた。

——さっきの野郎《ジャップ》だ!!

陽灼けした顔に白い歯並みが鮮やかだった。

そして、〈零戦〉は大きく右へ傾くや、新たなる敵を求めて飛び去っていった。

ミラード中尉は歯がみをした。

八つ当たり先がまた必要だった。


前方から〈零戦〉らしい影が近づいてきた。

「よく来たな。さあ、これから歓迎パーティだ」

眼下の海原へと彼は操縦桿を倒した。

逃げた、と思ったか、フジツボ〈零戦〉は追って来ない。

「おおらああああああ」

思い切り機を起こす。

もし、〈零戦〉〝怪〟にパイロット〝怪〟が搭乗していたら、セオリー無視の戦法に眼を疑ったであろう。

上を取った〈零戦〉に下から格闘戦を挑むとは！

〈グラマンF6F〝ヘルキャット〟〉が誇るのは〈零戦〉の倍を叩き出すエンジン出力であった。

二機の怪機がともに同方向へ旋回を開始して

巴戦を挑んだとき、ミラード機はすでに背後につけていた。

一二・七ミリ機銃六挺の猛打を浴びて敵が海面に白い水柱を立てる。ミラード中尉は真っしぐらに戦場へと翼をきらめかせた。

海上での戦いは異様な趣きを見せはじめていた。

上空では、〈レキシントン〉の〈ヘルキャット〉と〈赤城〉の〈零戦〉という守護神が守りの矛をふるっている。それを避けて襲いかかる〝怪〟機は対空砲火で十分応戦できる。現に、十数機の〈零戦〉と〈ヘルキャット〉のまがいものは、ことごとく空と海とを炎の尾でつないだ。

船と船との戦いも、パワーが同じなら数で決まる。

すでに〈ミズーリ〉は最も装甲の薄い後部主砲塔に〈ミズーリ〉〝怪〟の四〇・六センチ砲弾二発、前部甲板に〈ビスマルク〉〝怪〟の三八センチ砲弾一発を食って、消火に懸命であった。〈プリンス・オブ・ウェールズ〉は、〈フッド〉〝怪〟の三八センチ砲弾を三発貰って高角砲群は全滅。空からの攻撃には無力と化していた。かろうじて無傷に近い〈長門〉といえど、〈零戦〉〝怪〟の魚雷二発を左舷喫水線下に受けて、必死に浸水を食い止めている最中であった。

そして、彼らは数分前からこう絶叫を放っていたのである。

「〈ビスマルク〉は何をしている⁉」

独逸の不沈艦は戦場の最も後方を巡航中だった。その周囲には砲弾は墜ちず、彼も撃たなかった。

我、関せず。それは裏切り者の立場であった。

海戦前にリンデマン艦長は海軍大将デーニッツ名義の電文を受け取っていたのである。

〝余ハ　CTHULHU ノ側ニ付キタリ　全テハ総統閣下ノ　思シ召シニ基ク　貴艦モ　戦闘ニハ加ワラズ　傍観ノ立場ヲ取ルベシ　繰リ返ス全テハ　総統ノゴ意志ニ基クモノデアル〟

リンデマンはこれを司令長官ギュンター・リュッチェンスに見せた。

その勇気と知性と度量を万人が認める司令長官は、即座に、

「総統のご意志に従うべし」

と決定し、戦闘中止をリンデマンに命じた。このとき、ドイツ海軍の誇りは、大海原の蝙蝠《こうもり》と化したのである。

リンデマンは苦悩した。彼は敵の正体と目的を看破していたのである。

ヒトラー総統のめざす第三帝国の栄光か？

母なる星を狙う〈邪神〉の殲滅か？

ドイツか？　地球か？

〈ビスマルク〉の沈黙はアドルフ・ヒトラーの哄笑であり、リンデマンの苦悩そのものであった。

彼は海上を見つめた。

味方はすべて炎を噴き上げ、しかし、なおも砲撃を熄めてはいない。彼だけが、独逸軍人の魂の眼をふさぎ、背を向けようとしていた。


また一発食ったらしく、船が大きく揺れた。

「くそ、ナチめ」

ラインスターの叫びに山田はうなずいた。〝怪〟船だけではない。それは僚艦たる〈ビスマルク〉に向けたものであった。

別の声が叫んだ。

「こちら司令塔。長峰副艦長殿、死亡いたしました」

咳き込んで、途絶えた。

「指揮は誰が執る？」

とラインスターが訊いた。矢野艦長は医務室へ運ばれ、他の将校は床に転がっている。

山田は奇蹟的に無傷な通信員へ、〈ビスマルク〉へ打電せよ、と命じた。ラインスターがあわてて、

「何をするのですか？」

「独逸のオヤジになります」

笑ったとき、

「〈プリンス・オブ・ウェールズ〉被弾」

別の伝声管が戦闘指揮所からの悲報を持たらした。


リンデマンは眼を閉じたかった。部下たちが彼を見つめている。地球を守るべく参集した男たちが、心変わりした艦長を非難の視線で貫いている。

そこへ電文が届いた。

——それを読むと、彼は、日本人《ヤーパン》め、と呻いて電文を握りしめた。それから艦内放送のマイクを手に取り、

「こちらリンデマン艦長だ。本艦はただいまより、CTHULHU殲滅戦に参加する。全速前進。標的は——」

リュッチェンスが歯を剥いた。

「リンデマン、総統のご意志に背く気か！」

「司令長官殿を長官室にお連れしろ」

　と彼は要員に命じた。

　二人に腕を取られて司令長官が去ると、別の要員に見張りをつけて戦闘終了まで外へ出すなと命じた。

「あいつめ」

　見習士官時代に親友となった日本人が寄越した電文を、彼は苦笑もろとも床へ叩きつけた。

　祖国ノタメ　地球ノタメニ戦ウ息子ヨ　オマエヲ心カラ誇リトスル

　最後の署名は、リンデマンが最も尊敬する人物——父親の名前だった。

〝怪〟船も無傷とはいかなかった。

〈長門〉〝怪〟は〈プリンス・オブ・ウェールズ〉の三八センチ砲に機関室を射ち抜かれ、航行不能の状態に陥っていた。〈長門〉と〈ミズーリ〉の四〇・六センチ砲は〈サウスダコタ〉〝怪〟と〈榛名〉〝怪〟を沈没させ、〈キング・ジョージ五世〉〝怪〟も大破させていた。最大の功績は〈アーク・ロイヤル〉〝怪〟と〈レキシントン〉〝怪〟、〈赤城〉〝怪〟の飛行甲板を、飛行隊の攻撃によるものにせよ、使用不能に陥らせたことである。

　それでも、〝怪〟軍は数の上では優位に立っていたし、連合艦隊の戦力は二五パーセントも減っていた。何処ぞやにいるヒトラーがそれを知れば、喜色満面になったことだろう。

〈フッド〉〝怪〟が二つに裂けるなど、想像もしなかったに違いない。

三八センチ砲弾が甲板の上部装甲を貫き、火薬庫で爆発したのである。

百メートルもの火柱が吹き上がるや、十秒と待たずに四万二〇〇〇トンの巨体は水中に没した。一分以内の沈没——見事な轟沈であった。

「やったぞ、〈ビスマルク〉！　やったぞ、リンデマン！」

日本語と英語の賛辞が〈長門〉の艦橋を駆け巡った。

「おお、〈プリンス・オブ・ウェールズ〉〝怪〟にも一発——いいぞ！」

拳をふり廻すラインスターと裏腹に、山田は黒煙の中を前進する巨船に暗い眼差しを与えていた。

〈ビスマルク〉の主砲は連射を繰り返した。〈キング・ジョージ五世〉〝怪〟と〈ミズーリ〉〝怪〟、〈プリンス・オブ・ウェールズ〉〝怪〟も砲門を集中させた。〈零戦〉〝怪〟と〈F6F〝ヘルキャット〟〉〝怪〟も襲いかかるが、〈零戦〉と〈F6F〝ヘルキャット〉が迎撃に移る。

今だ、と山田は判断した。

「このまま〈ルルイエ〉へ向かう。全速前進」

〈長門〉が疾走を開始するや、〈ミズーリ〉も〈プリンス・オブ・ウェールズ〉も後を追う。

不意に〈ビスマルク〉の姿が大きく傾いた。命中弾による内部爆発で大量の浸水が生じたのだ。前部第一砲塔以外の砲撃はすでに熄んでいた。残った第一砲塔が火を吹き、〈長門〉〝怪〟の艦橋を粉砕してのけた。リンデマンは哄笑を放ったかもしれない。笑いは転覆する船体とともに海中に消えた。炎が噴き上がった。内部火災が弾薬庫を包んだのだ。黒煙が盛り上がり、その内部で白光がきらめいた。弾薬の誘爆であった。

〈ビスマルク〉が沈んでからも、黒煙は長いこととばされず、死の影のごとく洋上を覆っていた。

残る〝怪〟船の砲は〈長門〉たちを狙う。

飛行隊の援護はなかった。〝怪〟機の機能が本家に匹敵したがごとく、パイロット〝怪〟たちも優秀だったのである。戦いは五分と五分――どちらの数も三分の一に減っていた。

## 2

五機目の〈ヘルキャット〉〝怪〟に火を噴かせたとき、ミラード中尉は隊長機から無電を受けた。

「〈レキシントン〉が攻撃を受けている――全機戻るぞ」

「冗談じゃない。ここで自分たちが脱《ぬ》けたら、〈零戦〉は全滅です。敵はおれたちだ。あの数じゃ保ちません！」

「とにかく命令だ。戻れ！」

すでに仲間たちは反転を開始している。

ミラードは唇を噛んだ。

白いマフラーをした若い顔が脳裡をかすめた。

――ジャップのチンピラに救われて、おめおめ尻尾を巻くのか、ミラード・シェルビンソン？　あの世で倅になんと言い訳するつもりだ？

——ふむ、確か五、六発食らってたな。

彼はマイクを摑んだ。

「こちらミラード機。被弾による燃料漏れで母艦に辿り着くのは不可能。戦場へ復帰する」

隊長が何か叫んだが、構わず操縦桿を倒した。凄まじい反転時のGに背もたれへ押しつぶされながら、彼はにんまり笑った。


〈ルルイエ〉への突入は、なお予断を許さなかった。追撃する〈ジョージ・五世〉〝怪〟、〈プリンス・オブ・ウェールズ〉〝怪〟、〈ビスマルク〉〝怪〟の砲火を受けて、〈プリンス・オブ・ウェールズ〉がついに航行不能に陥ったのである。〈ミズーリ〉、〈長門〉の速力も一五ノットに落ちた。半減に近い。

「やられます」

ラインスターが呻いた。

「この船も沈みかけている」

山田は平然と、

「まともに射ち合っても勝ち目はありません。主砲は前砲塔以外使えないのです」

「飛行機はどうしました？」

「手一杯ですな」

「何を笑っている？　打つ手があるのか？」

山田は腕時計を見た。

「そろそろだ」

ラインスターは、この日本人は手品使い《マジシャン》ではないかと思った。通信員が叫んだのだ。

「打電あり。〝当方、戦闘海域まで四〇キロ。全速

〈大和〉

航行中——〈大和〉艦長、鬼神歳三〃——以上であります」

「〈大和〉？」

ラインスターの驚きの眼を、山田は不敵な笑みで撥ね返した。

「ぎりぎりだが間に合ったか。そうだ、〈大和〉だとも」

「しかし、四〇キロでは——」

衝撃が二人を床に叩き伏せた。着弾であった。

「もう一発食ったら危ないな」

と山田が他人事のように言った。ラインスターはひどく腹が立った。

「四〇キロも離れていては間に合わない。この距離をカバーする砲は世界の何処にもありません」

そして、彼は思いきり眉を寄せて、奇妙な日本人を見た。
いま、この男は何と言った？　まさか――
いいや、ある
と？

その主砲、通常砲弾重量一・三六トン。射角四五度にて最大射程距離四万一〇〇〇メートル。その直撃に不沈を謳う艦船なし。口径四六センチ。

「射《て》え」

波濤《はとう》は紅蓮を映した。

正しく命中角四五度。〈ミズーリ〉〝怪〟の甲板を貫いた砲弾は、その上部装甲、下部装甲を紙のように貫いて弾薬庫を直撃した。

「〈ミズーリ〉〝怪〟轟沈！」

昂揚し切った伝声管の声を、ラインスターは夢の世界の声のごとくに聞いた。

いかに新型艦といえ、あの〈ミズーリ〉を一発で。

〈大和〉。

「あなたは――知っていたのですか？　間に合うと？」

「正直、賭け《ギャンブル》でした。だが、〈大和〉も所詮、海の乗りものです。空飛ぶ鳥から見れば、のろまな鉄の函に過ぎません」


「間に合ったぞ、山田」

新旗艦〈大和〉の第一艦橋で、鬼神は水平線に鷹の眼を注いでいた。

攻撃は命じてある。四〇キロ――四万メートルの索敵には、哨戒機〈晴嵐〉を飛ばした。

ゆれが来た。

敵艦の応射だ。かなり前方の海面に水柱が小さく上がる。〈キング・ジョージ五世〉〝怪〟の四〇・六センチ砲は〈大和〉まで届かない。〈ビスマルク〉〝怪〟の三八センチ砲も同様だ。

「射え」

四六センチ砲がふたたび吠えた。九門の斉射であった。〈プリンス・オブ・ウェールズ〉〝怪〟と〈キング・ジョージ五世〉〝怪〟を水柱が囲んだ。近づいていく。一〇〇──五〇──そこだ！

無敵を誇る二巨艦の装甲は、あっさりと射ち抜かれた。

通常、戦艦VS戦艦の決戦は二万〜二万五〇〇〇メートルのレンジで行われる。どちらの砲弾も有効射程内だ。後はパンチ力と防禦にかかってくる。これが現実だ。

だが、いまの〈大和〉の戦いぶりは、大艦巨砲主義の理想を体現したかのような、海の兵士たちの夢の実現であった。

「敵艦三隻──轟沈を確認」

鬼神は蒼穹へ眼をやった。

「空母〈レキシントン〉〝怪〟はどうした？」

「すでに沈みました」

「すると敵艦載機は帰る基地もなし、か」

ふと、不憫な思いが湧いた。

ここから空戦は見えない。

「〈晴嵐〉より入電。敵機が次々に水中へ没して行きます」

「自決でしょうか？」

と鶴田少尉が訊いた。

「故郷へ帰っただけだ」

「は？」

　今回の目的を聞かされてはいても、鶴田は真の意味を理解していない。鬼神は言った。

「ある意味、奴らに空など要らんのだ。わざわざ製作したのは、我々を驚かすためだろう。奴らにとっては、これも遊びなのかも知れんな」

「遊び？　この海戦がですか？」

　怒りをはらんだ鶴田の声に、背後の兵士たちが身構えた。

「そうだ。だが、空も飛行機も消えた。空戦はもうないと思うか」

「勿論です」

「いいや。ある」

〈長門〉の艦橋で、山田はラインスターがパイプを取り出して火を点けるのを見ていた。艦橋要員も三人ほど戻っていた。みな、これまでの指示が山田から出ていたと知って、釈然としない顔つきになったが、何も言わなかった。この員数外が只者ではないことに気づいていたのである。

「一服どうです？」

　ラインスターがパイプを差し出した。

「遠慮します。最後の一服になるかも知れません。大事に喫っておきなさい」

「これ以上――ありますか？」

　戦闘の意味である。

「我々はまだ〈ルルイエ〉に到達してもいません。これで終わったら、自分はCTHULHUもその信者たちも莫迦者だったと永遠に言いふらしてやります」

その前に、おれがあんたはおかしいと亜米利加中に言いふらしてやる——。

そんな眼つきでラインスターは山田を眺めた。

はじめて見る起弩級戦艦が並走しはじめると、〈赤城〉の甲板に並んだ兵たちから、狂気に近い歓声が上がった。日本人は勿論パイロット姿の亜米利加人も飛行帽をふっている。

「けっ、ジャップのオモチャか」

人垣の背後でこう吐き捨て、ミラード中尉は人用エレベーターの方へと歩み出した。

残った〈零戦〉と〈ヘルキャット〉十二機が〈赤城〉へ着艦し終えたのは数分前のことだ。格納庫へ下ろすため、飛行機用エレベーターの方へ係員が誘導を開始している。


立ち止まって胸ポケットから「ラッキー・ストライク」を一本抜き出し、ライターを探していると、

「助かりました」

横合いから、鮮やかな英語とともに右手が出て、ライターに点火した。

「済まんな」

と火をつけ、思いきり吸い込んで吐き出してから、恩人がジャップだと気がついた。しかも知り合いと来てる。

「おまえか」

「いけませんか？」

「いや、だが、礼を言うことはねえ。おれも助けてもらった。胸くそ悪いがな」

「日本人は嫌いですか？」

「ああ。とにかく、貸し借りはなしだ。わかったな？」

「勿論です。おかげでお袋を泣かさずに済みました。感謝します」

言いかけて行こうとする背中へ、

「英語が上手いな」

若者は足を止め、ふり向いた。

「子供のとき、教会の神父さんに習いました」

「そうか。おれはミラード・シェルビンソン中尉だ」

「自分は——」

若者も返したとき近くで〈ヘルキャット〉のエンジンが凄まじい唸り声を上げた。

「——少尉です」

後で訊けばいいかなと思った。


「親父さんはいないのか？」

「珊瑚海で貴国の兵と戦って亡くなりました」

意外な気がした。

「おれたちが憎くないのか？」

「死んでからしばらくはね。でも。神父さんが教えてくれました。死ぬほど考えて、納得できる死に方だったら、早く憎しみを捨てろ、ってね。親父は立派に戦って死んだ。諦めました」

「おまえ、幾つだ？」

「十九」

ミラードは眼を閉じて笑った。

「倅と同じだ。長生きをしろよ」

若い少尉は敬礼してから歩き出した。

四歩目で頭上を爆音が走り抜け、甲板を掃討した機銃弾の一発がその胸を貫いた。

ミラードが駆け寄った。そのかたわらをまた掃射が走り抜けた。弾丸がめりこみ、弾け、火花と黒煙を噴いた。凄まじい混乱が恐ろしい暗黒祭のように甲板に広がっていった。

見上げると、黒い影が凄まじい速度で視界の外へ吹っとんでいった。

爆発が生じた。

エンジンを廻せ、と誰かが叫んだ。日本語なのが気に入らなかった。

走り廻る人々の間を縫って、少尉の身体を近くに停まっている〈ヘルキャット〉の翼の下へ運んだ。

無駄なのはわかっていた。彼の胸板を貫いたのは三〇ミリ機関砲だった。機関銃とも拳銃とも違う。大砲《キャノン》の弾だ。助かるはずがない。

「お袋さんには気の毒したな。いつか、親父さんと化けて出てやれ」

立ち上がったとき、彼は泣いているのに気がついた。

「二人目も死んじまった。誰が戦争なんかおっぱじめやがったんだ」

甲板へ出て叫んだ。

「おれの機を廻せ」

腕をふって走り出した。彼の〈ヘルキャット〉は甲板上に無傷で残っている。

空を見た。遥か彼方で灰色の点が旋回するところだった。

機体によじ登り風防に手をかけた瞬間、熱いものがきれいに胸を縫って、彼を甲板へ落した。

息を引き取る寸前、

——早すぎるな
と思った。
自分のことか、少尉のことかはわからない。

## 3

対空射撃は無駄だとすぐわかった。かろうじて発艦した〈零戦〉と〈ヘルキャット〉は追尾もできずに射ち落された。

翼の下に付けた二隻のユンカース・ユモ・ジェットエンジンは時速五六五キロの〈零戦〉も、五九八キロの〈ヘルキャット〉も易々とふり切ってその背後へ廻り、或いは二機種とも追尾不能な急上昇で得た高みから、逆落としにその間をすり抜けざま四門の三〇ミリ機関砲を浴びせたのである。

「見覚えがない」

〈ミズーリ〉の艦橋で、乗船していた独逸軍将校が、汗まみれの首をかしげた。

その設計図は、技師兼社長が完成させた翌日、総統の名で提出を強制され、以降見たものはいなかった。

名前は付いていた。〈メッサーシュミットＭｅ２６２〉——通称〝嵐を呼ぶ鳥《シュツルムフォーゲル》〟。連合軍側のいかなるレシプロ機にも時代遅れの屈辱を与うるべく生まれついたジェット戦闘機であった。

「何処から来たんです？」

呻くラインスターへ、

「海の底からです」

と答えて、山田侍従は眼を右側面の監視窓へ向けた。

「この先が亜米利加だ」

死の鳥は翼下に大きな荷物を抱えていた。五〇〇キロ爆弾であった。

低空での爆撃は、通常高度二五〇メートル程から敢行される。

Ｍｅ２６２は一〇〇で行った。速すぎて、いかなる対空砲火も追いつかないのだった。

いつの間にか、海面からは〈ミズーリ〉も〈プリンス・オブ・ウェールズ〉も消えていた。〈赤城〉も傾きこれ以上の航行は不可能と思しかった。

ジェット機群は〈大和〉に攻撃を集中した。いかなる重装甲であろうとも、無限の厚さを持つことはできない。


十発以上の命中弾を浴び、〈大和〉の副砲と高角砲はすでに機能を失っていた。船内には二酸化炭素をたっぷりと含んだ煙が流れはじめた。修理班の兵士たちが次々に倒れていく。


「大きな船も小さな飛行機の集団には勝てない――〈大和〉危ないです」

ラインスターも手に汗を握っていた。次は〈長門〉の番なのだ。そして、世界はCTHULHUの蹂躙に身を任せる他はない。

山田は窓外を見ていた。時々、腕時計を覗いた。

「〈ルルイエ〉まで、あと十三海里(約二四キロ)。〈大和〉は二六ノット(時速約四八キロ)。三十分だ」

「他艦の心配している場合ではありません。〈長門〉も危ないです」

「わかってます。そろそろですな」

「――そろそろ、おしまいですか?」

ラインスターが眼を剥いた。

「怖いですか?」

山田がにんまりと訊いた。

亜米利加軍人は歯を剥いた。噛みつかんばかりの勢いで、

「とんでもない。私は船乗りです。鷗《かもめ》を羨ましいと思ったことなど一度もありません。そいつらの仲間に、手も足も出せずに沈められるのが口惜しいのです」

「今度生まれ変わったら、飛行機乗りになりますか?」

「冗談はやめて下さい。何度沈められても船乗りを選びますよ」

――海の男か。

山田の口もとを笑いがかすめた。

「〈大和〉より、入電です」

通信要員が駆けつけた。

電文を受け取って、山田は声に出して読んだ。

「こちら、〈富嶽〉。只今、イースター島上空。戦闘海域まであと十分」

「〈富嶽〉?」

「太平洋をノンストップで貴国を爆撃するために設計された飛行機《ボンバー》です。その電文、〈大和〉から転送してきました」

「――米利堅《アメリカ》を爆撃?　何を考えているのです。〈B17〉でも、アメリカ本土から直接日本へは届

きません」

「人間、何を考えるかわからないということです」

「何でもいいけれど、爆撃機が百機来ても意味はありません。敵はジェット機です。射ち落されるだけ。それに、十分もかかっては間に合いません」

船体が揺れた。爆発音が鼓膜を引き裂こうと努める。

ぐう、と船体が右へ傾いた。〈長門〉の最後が来たと告げるような、急傾斜が生じた。

「駄目ですか？」

ラインスターは口惜しげに訊いた。

答えたのはまたも、通信要員であった。

「〈大和〉より入電です」


その電文を、鬼神は騒然たる第一艦橋で受けた。いまだ大空を知らぬ荒鷲からの入電を。

「こちら、〈富嶽〉内〈秋水〉攻撃隊隊長、犬塚高志少尉。〈秋水〉攻撃隊二十五機――ただいまより発進」

超高度一万五〇〇〇メートルを飛翔する巨大な鳥の底部が開いた。そこから空へ舞ったのは爆弾ではなかった。

それは垂直に墜ちながら、三重に内蔵されていた翼をのばすと同時に、ロケットエンジンに点火した。

落下は一〇〇メートルで止まった。

「〈秋水〉発進」

最初は垂直に、そして今は水平に、世界初のロケット戦闘機は、ジェット機など歯牙にもかけぬスピードをもって大空を駆けはじめた。

「また〈大和〉へ着弾」

監視要員の身体は震えていた。

「敵機、速し。機銃では追い切れません」

「次はおれたちだぞ。覚悟しておけ」

山田の声には、しかし、不敵な響きがなおも流れていた。

「敵機四、こちらに向かってきます。は、速い！」

伝声管が防空指揮所からの声を伝えた。

山田は想像した。

〈大和〉からこちらに襲い来る〈Ｍｅ２６２〉を。それが攻撃寸前、空中から斜めに走る稲妻に撃墜されるのを。

それは夢ではなかった。

「敵機——二機撃墜！　あれは何だ!?」

それを知るのは多分二人。

ずんぐりした機体に異様に長い翼を備えた火を吹く鳥は、〈長門〉の艦橋すれすれで急上昇に移った。残る二機の〈Ｍｅ２６２〉〝怪〟も、ジェットをふり絞って後を追う。

〈長門〉と〈大和〉の甲板員たちは——垂直に天へと走る三すじの白煙を呆然と見上げた。

「は、速え。ジェット機がまるで亀だ」

〈秋水〉は独逸が開発したロケット戦闘機、〈メッサーシュミットＭｅ１６３〉、愛称〝コメート〟(彗星)をモデルに日本技術陣が手を加えたものである。最大速度八〇〇キロ、一万メートルまで三分半を要し、八分の飛行時間しか持たぬ息切れの鷲を、この国の科学陣は荒鷲に変えた。

上昇能力は一万メートル一分。最高速度一二〇〇キロ。そして、三十分に渡る空戦能力である。

いま、追尾する〈Ｍｅ２６２〉二機は、急反転急降下に移った〈秋水〉を躱しも出来ず、すれ違いざま三〇ミリ機関砲の猛打を浴びて四散し、〈大和〉に群がる残機も急降下攻撃で八割が撃墜、格闘戦に挑んだ二割も、旋回に移るやバックを取られて瞬く間に射ち落とされてしまった。〈秋水〉の一見鈍重そうな機体は、その速度を十分に支え得る強度と敏捷性を備えていたのである。

瞬く間に——正しく一分足らずで〈Ｍｅ２６２〉〝怪〟は一機残らず海の藻屑となり、無傷の〈秋水〉隊はいまや〈爆撃機《ボンバー》〉から〈空母《キャリアー》〉と化した〈富嶽〉へと帰投したのである。

「〈秋水〉は常時出撃可。速やかに任務を遂行せよ」

〈富嶽〉からの入電に、〈大和〉と〈長門〉が湧き返ったのは言うまでもない。

「あんなロケットをいつ？　いや、それより〈富嶽〉はフィリピンの工場ごとつぶされたと聞きました」

言い終えてから、あわてて口を押さえるラインスターへ、

「それくらいでなくては、戦争なんか出来ません」

山田はにやにやしながら、

「もういいでしょう。どっちもアメリカ産です」

「はあ？」

「我が国の頂点《トップ》が〈ルルイエ〉を発見したとき、お偉方のごく少数が、貴国の大統領や財閥の総帥と極秘裏に会談して、秘密兵器開発の土地と施設とを提供してくれと申しこんだのです。見返りは〈ルルイエ〉――というか、CTHULHUが有する知識とこの星に王国を築いた技術、そして、CTHULHUの不死の秘密の共有でした。亜米利加がつっぱねなかったのは、我が国とCTHULHUとの間に、他にはない強い関係性があるとわかっていたからでしょう」

「それは何です？――関係性とは？」

「自分にもわかりません。とにかく、貴国はオーケーしました。それがいま、自分たちの生命を救ったという次第です。いや、待てよ。確か米軍の大物の護衛について、CTHULHU一派の手から守ったとも小耳にはさみました」

「CTHULHUを生け捕りにするつもりなのですか？」

「最初はね。今でもそう考えてる連中はいるでしょう。ですが、大筋は抹殺に同意したはずだ。相手は〈神〉です。下々の者など虫けら程にも思っていません。そもそも、人間という存在に気がついているかどうかも疑わしい。早目に始末するのがいちばんだと思いませんか？」

「それは――勿論です」

「なら、あと少しの辛抱です。この船にも〈大和〉にも、〈シドニー〉停泊中に〈ミズーリ〉から分けてもらった攻撃爆雷を積み込んであります。ま、それが効くかどうかは別問題ですが」


二時間後、水平線に陽の端がかかりはじめた頃、二隻限りの連合艦隊は、南緯四七度九分、西経一二六度四三分の洋上で、最後の水柱を確認した。

「少なくとも、しばらくはCTHULHUの眠りを長びかせることが出来るだろう」

鬼神の言葉に
「そうあって欲しいです」

と山田は応じた。

〈大和〉の甲板上である。山田は〈大和〉積載の一七メートル内火艇によって、ラインスターーともども移乗したばかりであった。


「犠牲が多すぎました。〈邪神〉相手だからと納得はできません」

「だが、無駄死にではないぞ、誰ひとり」

「それが救いです」

「CTHULHUは眠っていても、信者どもは生きている。まだまだちょっかいを出してくるだろうな」

「その辺は彼に期待しましょう」

山田は意味ありげな目つきをした。鬼神にもわかった。

「おお、あの刑事——何と言ったか」

山田が答えようとしたとき、太洋《やみわだ》の何処かで砲声が鳴った。

「え？」

一同がその方を向いても、穏やかな夕暮れの海上には異形の影も見えなかった。

「何だ、今のは？」

「砲声だったぞ」

言い交わす声と同じ数だけの方角へ視線が送られた。そのうちのひとつがあるものを捉えた。

「あれは何だ!?」

顔と指は一同のほぼ頭上を差していた。

その遥かな頂に赤い輪が凶兆のごとく広がっていく。

「あれは？」

鬼神がつぶやき自分で結論を出した。

「――〈富嶽〉が砲撃されたんだ」

一瞬、沈黙に身を委ねてから騒然となる艦上へ、

「全員戦闘配置につけ」

の声が飛んだ。

「まだ、終わりませんね」

鬼神の後を追いながら、山田がぽつりともらした。

「終わらんさ。人間《ひと》が人間である限りな。これは戦争だ」

エレベーターで第一艦橋へ上がるや、鬼神はただちに索敵と砲撃準備を全艦に伝えた。

「〈富嶽〉はどの辺を飛んでいた？」

「あの高さですと約六〇〇〇」

「現在の艦砲射撃では不可能だ」

射角が許さない。

「しかし、船からです」

「CTHULHU か？」

山田はうなずいた。

「主砲射撃指揮所から見えないとなれば、敵との

距離はまず四五キロ以上だ。これまでは既製艦のコピーだったから、性能諸元もわかったが」

海から見えぬ彼方から、六〇〇〇メートル上空の爆撃機を射ち落とすような得体の知れぬ敵が、今度の相手だった。

驚愕の叫びが上がった。

「右一八度――水平線上に光点。砲撃です！」

「取り舵いっぱい！」

鬼神の指示を聞きながら、間に合わない、と山田は思った。

基準排水量量六万四〇〇〇トン。人員、弾薬、その他の物資を加えた総排水量は、今でも七万トンを超すだろう。不動の状態から動き出すには一分四十秒を要する。

「着弾！」


右舷の窓を覗いていた要員の顔を炎が赤く照らした。

戦艦の重要部装甲は、自らの主砲の直撃を跳ね返す。〈長門〉はこうして生き延びてきた。今度のは四六センチかそれ以上だったに違いない。炎の塊の中に〈長門〉の艦橋が主砲が測距儀が、そして救いを求める人々が影絵となって踊り、四散する。

〈大和〉にも届いた。防盾を失った機銃座や高角砲担当者たちの何名かが火に包まれ、或いは頭をつぶされ、胴を二つにされた。数片は第一艦橋の窓からも飛び込んで、要員が消火器を浴びせた。

「〈長門〉――沈みます」

「乗員の救出準備にかかれ」

命じた途端、

「再度砲撃！」

「うわ」

山田は肩をすくめた。

「全員。身体を支えろ！」

恐怖の時間が来た。

砲弾は何処へ落ちる？　回頭はしているが、向こうもそれは計算済みだ。ただ待つしかない。

水柱が上がった。

〈長門〉が水面に広げた炎と煙と人々の輪の真ん中であった。次の瞬間地球の怒号のごとく水を割って新たな水の柱が噴き上がった。

水びたしの船体が大きく震え、甲板から押し流される兵士たちの悲鳴が吹き荒れた。凄まじい量の海水が雨となって水面を叩いた後に、〈長門〉の生き残りたちの姿はひとりも見えなかった。

「砲撃開始！」

主砲射撃指揮所から、砲術長の声が伝声管を震わせた。轟きが一同の耳を叩いた。主砲の射撃要員や艦橋の司令塔要員に難聴者が多い理由である。すぐに続いた。

「目標、消失！」

鬼神の眼が光った。

「第一、第三主砲は前方を、第二主砲は右舷を、第一第二副砲は左舷を狙え。射角は水平」

水平線の彼方の敵に水平射撃かと、砲術長は目を剥いたに違いない。それは当分、剥きっぱなしになった。

艦首前方約一〇〇メートルの海面に、フジツボだらけの船体が艦首から落下したのである。その速度、水柱の立ち方、すぐに海面へ浮上したところから、かなりの高みではなく、〈大和〉艦橋とほぼ等しい高さからの落下と思われたが、あまりの怪事に一同は声を失った。

そして、何たることか。その船首、その主砲、その艦橋——明らかに〈大和〉と酷似しながら、それは明らかに〈大和〉より巨大であった。

「飛んで来やがったか」

凄まじい気迫が鬼神の顔を埋めた。敵の行動には常にこう対処する。これこそ彼の名を伝説と化せしめた源であった。

「な、何だあれは？」

監視要員の声も身体も震えていた。未曾有の驚きは恐怖となって、全員を震撼せしめているのであった。震えぬ男が二人いた。その一人が言った。

「海軍省で見た。図面と模型だけを——あれは確か、次期新戦艦〈超大和級〉七九八号——いや、それなら砲のみ巨大化して、後は〈大和〉と同じ。ああ、あれは——その原型だ」

「すると、基準排水量は——九万トン」

山田の声は峻厳としていた。

日進月歩する兵器の性格は日本軍でも了解しており、米軍が〈大和級〉を凌ぐ五〇センチ口径砲の戦艦を計画中との情報を入手するや、即座に同口径を備えた〈超大和級〉戦艦の構想に入った。

その結果、五〇・八センチ砲連装三基六門を主砲とし、基本設計は〈大和型〉と同じく排水量六万四〇〇〇トンに収めた〈七九八号〉艦に実現化の白羽の矢が立ったのである。主砲六門は戦艦としてはぎりぎりの数だが、船体を〈大和級〉と同形とすることで設計と工場のノウハウは、知り尽くしたものを流用できる。結局、「超大和級」とは主砲のスケールのみに留まることになった。

だが、いま全身から滝のごとく水流を迸《ほとばし》らせる巨体は、どう見ても排水量九万トン、三連装三基九門の主砲が〈大和〉を凝視している。フジツボに覆われたその巨体は、海の魔物の力によって誤った生を得た幽鬼のごとく思われた。

——何処で原型、設計図を手に入れた？　やはり海軍省にもCTHULHUの一味が潜んでいるか。

鬼神は胸中でつぶやいた。

「敵艦より入電」

こうあった。

姿モ見ズニ　滅ビ去ルノハ憐レト思イ　参上シタ　一分後　攻撃ニ　移ル　我々ハ偉大ナルCTHULHU　ニナラッテ　るーるヲ　重ンジルモノデアル
「〈長門〉の生き残りにとどめを射ちこんだ輩が何をぬかす」

鬼神は電文を握りつぶした。

どよめきが〈大和〉をゆすった。

そのとき海中から出現した二本の触手が絡みつくや、巨艦は何の抵抗も示さず垂直に海中へと引きずり込まれてしまったのだ。水どころか空気抵抗すら感じさせせぬ奇蹟の水没であった。

「敵艦の攻撃まであと三十秒。総員戦闘配置を確認せよ」

鬼神の指示に、主砲射撃指揮所が応じた。

「敵艦——正面です。距離——四万二〇〇〇」

「一〇〇〇足りんな」

鬼神が唇を噛んだ。〈大和〉の主砲の最大射程は四万一〇〇〇弱である。

「こっちに地団駄踏ませようってのか。ケチな〈神さま〉ですな」

と山田がごちた。

わずか千メートル。それだけでこちらの弾丸《たま》は敵の手前に落ち、向こうはこちらの心臓部を直撃する。〈大和〉の装甲は五〇・八センチの炸裂に耐えられるように出来ていない。

「敵艦――砲撃！」

山田と――全員が鬼神を見つめた。

「最初は嫌がらせだ」

鬼神は言った。

それでも――乗員たちは恐怖の時間を耐えた。

「着弾！」

右舷三〇〇メートルほどの海面が盛り上がった。凄まじい強さと量の水が、甲板員たちを薙ぎ倒した。

「次は狙ってくるぞ。全員、身体を固定しろ」

鬼神の声は全艦に鳴り響いた。

大柄な身体がさらに膨れ上がるかのように見えて、山田は眼を剥いた。

鬼神は舵輪と基部とをつなぐ一点を押した。舵輪の一部が剥がれて赤いボタンが現れた。

彼は親指を当てた。

「敵艦砲撃！　着弾まで約四十五秒」

恐るべき時間がふたたび到来した。

「全砲塔は待機せよ。指示があるまで射つな」

むしろ荘厳な表情で鬼神はボタンを押した。

何が起こったか口にするのは簡単だった。乗員にもすぐにわかった。混乱《パニック》が生じなかったのはそのせいではない。わかっても理解できなかったのだ。

ほぼ中央部――艦橋と煙突の中間地点で、〈大和〉は曲がり始めたのだ。艦首から艦橋、艦尾から煙突まで、ともに右舷方向へ。

亀裂《ひび》ひと筋入らなかった。螺子《ねじ》一本とばなかった。湾曲部はそんな金属で作られていたのだ。それを造り出したのは鬼神の幼馴染であった。それを溶接したのは、伝説の大陸でもてはやされたある物質であった。それを使った〈大和〉の改造を許可したのは、ポリネシアの海底で何かを目撃した人物であった。彼にそれを促したのは――ある外国人であった。

その作業を誰が知り、誰が行ったのか――永遠の謎のまま〈大和〉は松葉のように曲がった。

遅い！

鬼神は胸の中で呻いた。

――これだと、ぎりぎりだ。間者よ、計算違いだぞ。

「着弾まであと十秒」

伝声管の声は、却って沈静であった。

「九――八――七――」

突如、〈大和〉は止まった。

「――五――四――三」

「全員、摑まれ。〈大和〉も空を飛ぶぞ！」

「――ゼロ！」

巨弾は精確であった。それは〈大和〉を貫いた。奇しくも艦橋と煙突の間――湾曲部を！

空しく上がった水柱を、しかし、〈大和〉の誰も見ることは出来なかった。

鋼は湾曲を憎んだ。そして跳ね戻った。記憶していた形へ。七万トン超の巨体はその反動で宙に舞った。

「着水前に射て」

鬼神が叫んだ。着水直後は狙いが狂うという意味であった。彼らは空中にいた。

「全砲門は、敵の後部射撃指揮所を狙え。着水は敵の左舷――平行に落ちるぞ」

――千メートルだと
鬼神の口もとに凄惨な笑みが浮かんだ。

――思い上がりが凶と出たな、CTHULHU
「射え」

落日の太平洋に巨大な火の花が花弁を広げた。

花は落日より紅かった。


反動で身をよじりつつ〈大和〉は落ちた。飛翔距離千メートルの海上へ。

天地が逆転したかのような衝撃が兵士たちを翻弄した。固定物を掴んだ指が折れ、肩が抜け、肘が砕ける。数十名が床と天井に激突して即死、折れたパイプから噴き出る蒸気が数百人の顔を溶かした。

「全速前進」

鬼神は伝声管にしがみついて叫んだ。

「敵艦、発砲」

鬼神はにやりと笑った。

「当たるものか」

「本当ですか？」

山田が小声で訊いた。

「わからん」

もっと小さな声である。

「こちらの発砲――着弾まで、あと九秒――八秒――七秒――」

「敵砲弾――着弾まであと二十秒」

二つの声が交互に「死」を告げる。

「四秒――三秒――二秒――」

「行け」

鬼神が拳を握りしめた。爪が皮を破った。

「ゼロ――命中!」

側面観測窓の彼方に火柱が上がった。もう一本――さらに一本。

「全弾命中です! 沈みます!」

五一センチ砲を備えた艦の装甲を四六センチ砲は打ち抜くことが出来ない。それは造艦上の鉄則だ。だからこそ、鬼神は主砲の狙いを、〈大和型〉の最大の弱点――後部射撃指揮所に定めたのだ。

設計図で見たとおり、その下に最も脆弱な装甲部、副砲弾薬庫があると信じて。

炎はその決断を、巨艦の死によって讃えた。見よ。九万トンの鉄の城が二つに折れて波濤に身を埋めて行く。

不沈を謳う艦船なし。

歓声が上がって――消えた。

「敵砲弾――着弾まで十秒――九秒――八秒――」

「やれやれ」

山田が宙を仰いだ。

五〇・六センチ砲弾は三発。二発は海中で狂乱し、一発は船尾――第三主砲の前方一〇メートルの地点に命中した。飛行甲板とカタパルトが消しとび、格納庫から艦内へ大浸水がはじまった。

「船尾被弾！」

「大量浸水！　排水ポンプ作動！」

内側からの破壊に、防水区画は役に立たなかった。半ばちぎれかかった船尾は前進の水圧によって、十秒と保たずに分離、もはや止めようもない勢いで海水が流れ込んで来た。船体はみるみる水没して行った。

「総員、退艦せよ」

ついに鬼神は命じた。要員たちを見廻し、

「よくやってくれた。即刻、退艦せよ」

「お伴します」

全員が口を揃えた。

「命令だ、行け！」

誰も動かない。兵士たちは、この新しい艦長に心酔し切っているのだった。

「貴公は行け」

と山田を見た。

返事が来る前に、艦は大きく左にかしいだ。

「もう間に合いません」

前方の観測窓を睨むように見つめる山田の眼が、不思議なものを映した。

「津波か」

全員がそちらを向いた瞬間、窓から黒い水が滝のように流れ込んできた。


その日、ポリネシアの沖から信じ難い速さで九州方面に接近しつつあった小台風は、結局、九州にも本州四国にも上陸せず、豊後水道を北上し、呉まで五キロの地点で突如消滅した。

小台風といっても、その風と雨は異常に激しいものであり、波濤の奔騰ぶりは戦艦すら無事では済むまいと思われた。

奇怪な現象の塊ともいうべきこの嵐の中でも、とりわけ謎に満ちた物語は、呉の軍港近くにある海辺の村の一老爺によるものであった。もやいだ小舟を案じて雨と風の狂乱の中を外出した彼は、荒れ狂う波の彼方に巨大な戦艦らしき影を目撃したと村人たちに語った。それは翌日、軍港内に、半ば水没した形で浮かぶ一隻によって事実だと証明されたのだが、聞く者全員が笑いとばしたのは、ひどく小さな船が、煮えたぎる波間に見え隠れしながら、巨船を導いているかのように先に立っていたという件《くだり》であった。ことに、その船がぼろぼろの帆をなびかせた古い異国の帆船であり、その甲板に立ってカンテラの光を巨船に向けていた外套姿の男が——

「あんなに暗くてあんなに遠かったのに、なんで見えたのかわかんねえ。けども、確かに日本人だったで」

ときては、笑いを通り越して、老爺の正気を疑うに到った。

「あの船長——何処かでみたことがあるぞ」

と鬼神は、客車の窓から顔を出した山田へ話しかけた。

呉の駅である。山田は東京へ戻り、鬼神は呉に用があった。冬の彩《いろ》の濃い早朝のプラットホームには人が多かった。

「自分もであります。何にせよ、彼の誘導で自分たちが助かったのは事実です」

「ミクロネシアから呉まで――三日間でな。みな夢を見たと思っているぞ。あの波は何だったんだ？」

「この星は、意外と剛の者かも知れません。自分たちに侵略者を排除させ、自らはそれを支援するという風に」

鬼神は長い息を吐いた。山田は微笑した。

「あなたが仰るように、戦いはまだまだ終わりません。CTHULHUの件が一段落したら、亜米利加と英吉利はまた敵に廻るでしょう」

「今朝の新聞によると、仏蘭西《フランス》のソンムでは、戦車《タンク》という新兵器が登場したらしい。確かに果てはなさそうだ。欧羅巴にもCTHULHUはちょっかいを出すか」

「だとしたら、今度の敵は亜米利加ですな。欧羅巴方面の連合軍指揮官は亜米利加のドワイト・アイゼンハワーです。ですが、その前に誰も世界の動きからは逃げられません。我が国もまた人と人との戦いに身を投じるでしょう」

「そのとき、また会いたいものだな」

鬼神は心の底から言った。

この奇妙な男が、生死の境で自分を支えてくれたような気がした。

「多分――いずれ」

そのとき、汽笛が鳴った。駅員が汽車が出ると叫んだ。

「お別れです」

山田は敬礼した。その手を下ろして、鬼神は握手に変えた。

汽車は動きだした。

並んで歩きながら、

「やはり訊いておきたい。山田侍従、おまえは何者だ？」

「とうとうわかっていただけませんでしたね」

と遠去かり行く顔が言った。

「はじめてお目にかかったとき、大佐殿は酔っていらっしゃいました。それからずっと、自分の名前を聞き間違えていらっしゃいますぞ」

「そうか——山田では」

「山本です」

と若い侍従は大きな声で訂正した。

「宮内省情報局第一課——山本五十六と申します」

汽車は走りだした。


やがて第一次大戦は終結し、この若き情報課員、山本五十六が、連合艦隊司令長官として、大地震からようやく復興したハワイ真珠湾を攻撃するのは、二十年後のことである。

「完」

## 後《あと》掲《が》文《き》

だから、「架空」戦記って言っただろ。

そこで、おずおずと――
次回予告　クトゥルー戦記②
『ヨグ＝ソトース戦車隊』
ＯＲ
『忍者艦隊』
どっちがいい？

「地球防衛軍」(57)を見ながら
平成二五年八月某日
菊地秀行

## ラフ画集

**邪神金融道**

**The Cthulhu Myothos Files ①**

著者・菊地秀行

〈あらすじ〉

社員の誰ひとり顔を知らない謎の社長が経営するＣＤＷ金融。そこで働く「おれ」がラリエー浮上協会に融資した5000億の回収を命じられ、神々の争いに巻き込まれていく。

〈解説〉

ホラー作家菊地秀行の書き下ろし長編クトゥルー小説。

「ＣＤＷ金融」の初出は1999年に出版された「異形コレクション・ＧＯＤ」。

『本書は私しか書けっこない、世界で一番ユニークなクトゥルー神話に間違いない！』(あとがきより)

本体価格：1600円＋税

ISBN：978-47988-3001-8

## 妖神グルメ
## The Cthulhu Myothos Files ②

著者・菊地秀行

〈あらすじ〉

海底都市ルルイエで復活の時を待つ妖神クトゥルー。その狂気の飢えを満たすべく選ばれた、若き天才イカモノ料理人にして高校生、内原富手夫。

ダゴン対空母カールビンソン！

触手対F-15！

神、邪教徒と復活を阻止しようとする人類の三つ巴の果てには驚愕のラストが待つ！


〈解説〉

「和製クトゥルー神話の金字塔」と言われた「妖神グルメ」。若干の加筆修正に、巻末に世界地図、年表、メニューと付録もついております。

本体価格：900円＋税
ISBN：978-47988-3002-5

## ダンウィッチの末裔《まつえい》
## The Cthulhu Myothos Files ⑤

〈収録作品〉

◆軍針
菊地秀行

◆灰頭年代記
牧野　修

◆ウィップアーウィルの啼き声
(ゲームブック)
くしまちみなと

〈解説〉

1つのクトゥルー作品をテーマに3人の作家が小説、ゲームブック、漫画などの様々な形で競作するオマージュ・アンソロジー・シリーズ。第一弾は『ダンウィッチの怪』。菊地秀行、牧野修、くしまちみなと(ゲームブック)が、それぞれの視点と恐るべき描写で邪神が紡ぐ闇を切り裂く。

本体価格：1700円＋税
ISBN：978-47988-3005-6

クトゥルー・ミュトス・ファイルズ

The Cthulhu Mythos Files

# 邪 神 艦 隊

2013年10月10日　第1刷
2013年11月11日　第2刷

著者

菊地　秀行

発行人

酒井　武史

発行所　株式会社　創土社
〒165-0031 東京都中野区上鷺宮 5-18-3
電話 03-3970-2669　FAX 03-3825-8714
http://www.soudosha.jp

印刷　株式会社シナノ

ISBN978-4-7988-3009-4　C0293
定価はカバーに印刷してあります。